余命わずかだからと追放された聖女ですが、
巡礼の旅に出たら
超健康になりました

Illustration マトリ

contents

ealthy. but when she went on e
tancy,A saint who was banish

一章　余命わずかの聖女様

今は昔。龍が治める土地があった。龍の羽ばたきは暑さを癒やす優しい風になり、熱い吐息は冬の寒さを和らげる灯火となった。

だがある時、突如として大いなる災いが土地を襲った。疫病が流行り、本来大人しいはずの魔獣が暴れ出し、土地は滅びの危機に瀕したのだ。

それを救ったのは人々の信仰と祈り、そして……

「残念ですが、聖女様の余命はあとわずかです」

診断結果を告げた医師の顔色は、余命宣告されたプラティナよりも悪い。

「具体的に、私はどれくらい生きられるのでしょうか」

「長くて……あと半年かと」

「短ければ？」

「数週間から数日かもしれません」

プラティナは医師と同じく悲痛な表情になり、ヘーゼル色の瞳で床を見つめる。

白銀色の髪がさらりと落ちて顔に影を作る。石像のように白い肌には染み一つなく、まるで作り物のように美しい。小さな唇は色づく前のイチゴのように血の気が失せていた。

十七歳とは思えないほどに細く華奢な身体を包む木綿の祭服には金糸で繊細な細工が施されているものの、よく見ればあちこちが擦り切れている。

大陸の西に位置する小国シャンデ。

十年前に国王が亡くなったため、王妃であったレーガが女王として即位し国を治めていた。

プラティナはそんなシャンデの第一王女だ。

だが、女王レーガの娘ではない。レーガは元々愛妾《あいしょう》の一人でしかなかった。正妃であったプラティナの母が病死したことで、繰り上がって正妃になったのだ。

そんな事情もありプラティナは女王にたいそう疎《うと》まれていた。

どれくらい疎まれていたかというと、国王が死ぬやいなや、聖なる力を持っていたことを理由に幼い頃から神殿に押し込められ、王女として社交界デビューさせてもらうこともなく、朝から晩まで国の安寧を祈る役目を押しつけられるほど冷遇されていた。

神殿の食事はたいそう質素で、硬いパンと水だけというのは当たり前。よくわからない理由で断食させられたことも何度もある。

だがプラティナは実はあまり悲観していなかった。

王女である自分が祈ることで国が平和であるなら嬉しかったし、貴族としてのややこしいお勤めに参加しなくて済むのは案外悪くないとさえ思っていた。

ほんの少しだけさみしさはあったが、父である国王が亡くなる前に決めてくれた婚約者もいたし、慎ましくも平凡な人生を送れさえすればいいと本気で願っていたのに。

ことのはじまりは数時間前。

いつものように祈りを捧げようとしていたプラティナは、突然目眩《めまい》に襲われその場に倒れてしまったのだ。

慌てた神殿の職員が医者を呼び寄せ診察させたところ、医者は真っ青な顔をしてプラティナに余命宣告をしたのだった。

「聖女様のお身体はあちこちがとても弱っております。身体も痩せすぎておりますし、顔色も悪い。心臓の動きも悪く、指先はこんなに冷え切って。今、こうやってお話をされているのが不思議なくらいです」

つらつらと自分の状況を説明され、プラティナはますます困ったと眉根を寄せる。

「私が死んだら、誰がこの国のために祈るのでしょうか」

はぁと重いため息をついて、プラティナは考え込む。

プラティナは「聖女」という役目にそれなりに誇りを持っていた。

他によりどころがないというのも大きかったが、やりがいは十分な仕事だったからだ。

聖なる力を国中に行き渡らせ、病や災害から人々を守るというのは並大抵のことではない。毎日の祈りを終わらせた時には疲労のあまりぐったりしてしまっていた。

だが、精一杯努力してきた。

それが突然あと少しで死にますと言われ、はいそうですか、と簡単に納得できるはずがない。

「あの、私が助かる方法はないのでしょうか」

医者は無言で首を振る。

「奇跡でも起きない限りは無理でしょう……」

「そうですか……」

うなだれる医師にしょんぼりと肩を落とすプラティナ。

部屋全体が葬式のような空気に包まれていた。

(どうしましょう。余命わずかだなんて。これからどうすれば)

戸惑いでいっぱいだったプラティナの心に、ひたひたと冷たい感情がわき上がってくる。

これまで神殿から出ることはほとんど許されなかった。

家族であるはずの王族は誰もプラティナの存在を気にもとめていない。

このまま、外の世界を知らないで死んでいく自分が急に哀れに思えてきて目の奥がつんと痛む。

(せめて死ぬ前に、なにか一つくらいやりたいことを願っても許されるかしら)

自分にとって何が一番未練があるのかをプラティナが必死に考えていると、部屋の扉が勢いよく開いた。

「お姉さま！　話は聞きましてよ！」

「メディ、どうしてここに」

遠慮のない態度で近づいてくるのは、二歳年下である異母妹のメディだった。

プラティナとは違い、女王レーガの実の娘である第二王女。

まばゆい金の髪に宝石のような青い瞳。お人形のように愛らしい容姿からはまばゆい光が溢《あふ》れているようで、陰鬱だった部屋の中が一気に明るくなったようにさえ錯覚してしまう。

質素な身なりのプラティナとは対照的に真っ赤なドレスを着たメディは、動いているだけでその場の空気を変えていくような華やかさがあった。

「お姉さまが倒れたと聞いて駆けつけたのですわ」

「まあ、そうだったの。ありがとう」

自分を心配してくれたのかとプラティナが感動していると、メディは令嬢らしくもなくふんと鼻を鳴らし胸を反らせた。

見下ろしてくる青い瞳に宿った、どこか見下すような色みにプラティナは身をすくませる。

「別に心配したわけではありませんのよ？　お姉さまが聖女の務めを果たせなくなったら困りますもの」

「ああ……」

メディの言葉に、浮き上がりかけた気持ちが沈み込んだ。

異母妹であるメディとの関係は良好とはいえない。女王の実の娘であるメディは、それはそれは溺愛されて育てられていた。プラティナは見たことがないが、王宮にはメディだけの庭がありいつも花が絶えないという。

貴族たちも女王の機嫌を取るために、メディにはことさら甘く接しているという話だ。

同じ王女なのに、扱いは雲泥の差。

それでも、プラティナはメディに対して恨みをもったことはなかった。

血の繋がった姉妹なのだから、いずれは二人でこの国を支えていくのだと信じていたのに。

「驚きましたわ。まさか、聖女ともあろう者が余命わずかだなんて」

容赦のない言葉が胸を刺した。

医者が慌てた様子で立ち上がり、その拍子に倒れた椅子が立てた音が石作りの室内に響き渡る。

「メディ様、そのような……」

「あら、私に嘘は不要よ。全部聞こえておりましたわ」

ふふ、と悪だくみをするような笑みを浮かべたメディがプラティナを見下ろす。

「困りましたわねぇ」

プラティナは首を傾《かし》げる。いったい何が問題だというのだろうか。

その仕草が気に食わなかったのか、メディはつんと唇を尖《とが》らせる。

「国を支える聖女が死ぬなんて不吉すぎるじゃない。お姉さまには元気なうちに聖女を引退していただかないと」

「!!」

「と、いうわけでお姉さま、今日から私がお姉さまの代わりにこの国の聖女になりますわ」

にこにこと悪意など感じさせないような笑顔で告げるメディの言葉にプラティナは呼吸も忘れて

固まった。

「あの、メディ……？」

「うふふ。お姉さまは知らなかったでしょうけれど、私にも聖なる力がありますのよ？　先に生まれたからというだけでお姉さまが聖女になっていましたけど、本当に聖女にふさわしいのは私ですわ」

歌うように語るメディはすでにプラティナを見ていない。

聖女となった自分を想像しているのか、その場でくるりと回りながら嬉しそうに微笑む。

「ああ、もちろん私が聖女となるからには婚約者も譲っていただきますわね？」

「えっ！」

今度は思わず声が出てしまった。

婚約者という言葉にプラティナの心臓が嫌な音を立てる。

「ツィン、入ってきて」

「はい」

呼びかけに答え部屋に入ってきたのは、一人の青年だ。

メディの髪色よりも一段明るい黄金を糸に変えたような柔らかな髪と薄緑の瞳をした背の高い彼の名は、ツィン。この神殿を管理する神殿長の息子だ。まだ完全には入信を終えていないため、祭服ではなく一般的な貴族男性と同じ正装を身にまとっている。

ツィンはプラティナの婚約者でもあった。

「聖女様……いや、プラティナ様。残念です。私はあなたを支える日々を待ちわびていたのに」

本気でそう思っているのか疑わしいほどの白々しいセリフにプラティナは唇を噛む。

ツィンとの婚約は、亡き国王が生前に決めたものだ。

王女プラティナと未来の神殿長が結婚すれば、王家と神殿の繋がりは深まり、国力が安定すると考えたのだろう。

愛のある関係とは言えなかったが、共にこの国を支えていくと約束したはずなのに。

「ふふ。これからは私が聖女になり、ツィンがこの神殿の司祭となるのよ」

「安心してくださいプラティナ様。今後は私たちがこの国を支えますから」

メディとツィンはまるで恋人同士のように寄り添い、嘲るような表情でプラティナを見下ろしていた。

＊＊＊

余命宣告からわずか三日後。

プラティナはメディの宣言どおり、聖女の地位を剝奪された。

女王レーガが国際会議で国を離れていたこともあり、あっという間に解任の書類が作成され承認されたと知らされた。

冷遇されていた王女であるプラティナをどう扱おうが、異論を唱える者などいないと思ったのだろう。

実際、日陰の身で貴族と縁遠いプラティナが聖女でなくなったとしても何の害もないと思われていたらしく、反対の声が上がることはなかった。

「はぁ……」

寝台に座ったプラティナは窓の外を眺めながら深いため息を零《こぼ》す。

聖女として神殿で使っていた部屋は、今後はメディが使うことになると言われ追い出されてしまった。

質素な部屋ではあったが祈りの間に近くて便利だったし、長年使っていただけに愛着もあったのに。

着の身着のまま追い出されてしまったプラティナが今いるのは、王城の石塔だ。

病で人前に出ることができなくなった王族などを幽閉するための建物なので、出入り口は一つしかない。プラティナに与えられた部屋は堅牢な石作りになっており、とても寒々としている。

日に三度、粗末な食事が届けられる以外には人の出入りもなく静かなものだ。

嵌《は》め殺しの窓の外には、城の背後に広がる鬱蒼とした森があるだけなので、いくら景色を眺めていても心が晴れることはない。

すぐに死なれては困ると思っているのか、医師だけは定期的に診察に来てくれていた。

休養する時間が増えたからか以前より体調は安定していたが、やはり余命宣告は覆らなかった。

「これから、どうなってしまうのかしら」

聖女が突然死ねば、国民に不安が広がるというメディたちの言い分はわからなくもない。

それならば何か理由をつけてプラティナを人前から遠ざけ、ひっそりと死なせてしまう方が騒ぎは少ないだろう。

だとしてもこれまで重ねた日々をまるでなかったことのように扱われるとは思わなかった。

今後については追って指示があると言われたが、どう過ごそうとも死ぬ運命からは逃げられないのだろう。

「何だったのかしら私の人生は」

心にぽっかりと穴が空いたような気分だった。

王女でありながら冷遇され続け、身を賭して聖女の役目を果たしていたはずなのに。余命がわずかだとわかった途端に追い出されてしまった。

人はあまりに悲しすぎると泣けないものなのだということをはじめて知った。

(せめて、外に出ることを許してもらいたいのだけれど。きっと無理ね)

あまり人前に出ることはなかったが、プラティナは亡くなった正妃である母そっくりなので、見る人が見れば王女であることがすぐにわかってしまうだろう。

聖女として神殿にいるはずのプラティナがふらふらと出歩けば騒ぎになってしまう可能性だってある。

なにより、余命わずかの弱った身体で動き回ることなど不可能だろう。

このまま、このさびれた塔に閉じ込められたまま人生が終わるのはあまりに寂しい。

かといって、自由を得ることも叶わない。

せめて父が生きていればと思ったが、死んでしまった人に恨み言を言ってもはじまらないことくらいプラティナにだってわかっている。

「ふう……」

もう一度プラティナはため息を零すと、静かに両手を組み合わせいつものように祈りを捧げはじめた。

ここは神殿の祈りの間でもないし、すでに自分は聖女ではなかったが、長く続けてきた習慣を簡単にやめることはできない。

せめて命ある限り、この国の安寧を祈ることだけでも続けられればとプラティナはきつく目を閉じたのだった。


それから数日後。

ようやく宰相の使者がプラティナを訪ねてきた。

てっきり別の場所にでも移送されるのだろうと考えていたプラティナだったが、使者が告げた言葉はあまりにも予想外だった。

「聖地巡礼、ですか」

「は、はい」

使者である小太りの中年男性は、額に浮かんだ汗をせわしなくハンカチで拭きながら手元にある書面を読み上げはじめた。

「ええとですね、『王女プラティナに、聖地巡礼の任務を命じる。聖地を巡り、経文を納めこの国の威信を示したまえ』とのことです」

「聖地……」

告げられた言葉の意味をかみ砕くように繰り返せば、使者はますます汗を拭く手を大きく動かす。

「はいはい。そう聖地です。ご存じでしょう?」

どこか面倒くさそうな使者の言葉にプラティナは慌てて頷《うなず》いた。

聖地。それはかつてこの大陸を蹂躙《じゅうりん》した邪龍を封印した三つの聖堂の総称だ。神殿はその聖堂を管理する役目も担っており、敬虔《けいけん》な信徒ならば一度はその三ヶ所に拝礼すべきだとさえ言われている。

「私が、これから、ですか」

プラティナの声は動揺に震えていた。

それもそうだろう。三つの聖地はとても過酷な場所にあり、健康な成人男性ですら全てを一度に拝礼して回るのは難しいと言われている。

余命わずかなプラティナにできるはずもない。

使者はプラティナの言葉に、困ったように肩をすくめるだけだ。

「はぁ。まぁ、そう言われましても。すでに決定された事案ですし」

「でも」

「聖女の役目を降りたプラティナ様が聖地を巡礼するなど、大変な美談ではないですか。結果がどうあれ、美しい伝説にきっと国民は涙するでしょう」

「……！」

使者の言葉にプラティナは目を見開く。

そして、彼らが作り上げようとしている物語の真意に気がついてしまう。

（そう……私の死を美談にしたいのね……）

聖女であったプラティナが病で死んだとなれば、それなりの騒ぎになることは予想できる。しかも死を目前に妹であるメディに役目を引き継がせたのだ。聡《さと》い者ならば、プラティナが使い捨てられたと気がついてしまうだろう。

神殿や王家のやり方に反発し、余計な騒ぎが起きる可能性は高い。

だが、プラティナが自ら進んで巡礼の旅に出たとなれば話は別だ。過酷な旅に己を投じ、帰国することなくその命を儚くさせたとしたら。きっと国民たちは敬虔な聖女プラティナを神格化し、伝説として讃えるだろう。

そしてメディは非業の死を遂げた姉の跡を継ぎ聖女となったと大々的に告知すれば、神殿への信頼や王家の威信はますます強まることになる。

「ご安心ください。さすがに一人でということはありません。きちんと従者をつけますから」

「従者？」

「ええ。女性一人の旅となれば、なにかと危険もありますからね。お務めを果たされるか見張る役目も兼ねております」

（何を見張らせる気かしら）

プラティナはだんだんと冷めていく気持ちを隠し切れなくなってきた。

これまでは神殿や王家に対して深い恨みを抱くことはなかった。

冷遇されていたのはわかっていたが、聖女としての役目に没頭することでそれを忘れられていたのに。

「……わかりました」

たとえ抗《あらが》ったとしても、今のプラティナには宰相の下した決断を覆す力はない。

歩けないと嘘をつけば荷馬車にでも乗せられて聖地へと連れていかれるのだろう。

それならばせめて、抗わずに最後の自由を味わいたかった。

プラティナの返答に使者がほっとした表情になる。

きっと彼は宰相に伝言を押しつけられただけなのだろう。

早くこの場から去りたくてたまらないのを隠さないところは、少しだけ好感が持てた。

「はいはい。それでは、準備ができ次第またお迎えに上がりますね」

身勝手な言葉ばかりを投げつけ、役目は終わったとばかりにいそいそと部屋を出ていく使者の背中を見送ると、プラティナは切なげに目を伏せたのだった。

使者が再びやってきたのは、それから三日後のことだった。

相変わらず汗をハンカチで拭きながら、使者は旅の従者が決まったので顔合わせをしたいと言い、プラティナを塔の外へと連れ出した。

外に出てみれば、兵士たちが物々しくぐるりと周りを取り囲んでおり、その中心にはメディとツィン、そして宰相が立っている。

メディは相変わらず豪華で美しいドレスを着ているし、ツィンの服装もそれに合わせてずいぶんと華美な装飾がされていた。

（聖女と司祭になったにしては、ずいぶんな格好ね）

聖女の役目は祈禱のはずだ。あんなドレスではまともに祈れないだろう。それに司祭があのような服装をしていたら信徒たちはきっと戸惑うに違いない。

すでに自分の仕事ではないにもかかわらず、二人の姿があまりにも酷《ひど》いものだからプラティナは思わず目を細めてしまう。

それをどう勘違いしたのか、メディは自慢げに胸を反らせてプラティナを嘲るような視線を向けてきた。ツィンはその姿を褒めたのか、何ごとかを耳元で囁《ささや》き、すっかり二人の世界を作っている。

（本当に、ずいぶんと仲が良いのね）

はじめて二人の仲を見せつけられた時は、余命のことや驚きのせいで何も感じなかったが、こうも堂々と関係を見せつけられるとさすがに胸が苦しかった。

ツィンに対して恋慕の情があったといえば、嘘になる。だが、結婚する覚悟はあった。

それにたとえ仲が良くなかったとはいえ、メディは血を分けた妹だ。

その二人が同時にプラティナを踏みにじり、二人だけで幸せになろうとしている。

（私は邪魔者だったのね）

居場所を奪われる苦しみに耐えかねプラティナが二人から視線を逸らせば、彼らの横にいた宰相と視線がかち合ってしまう。

女王レーガの右腕にして先代国王の時代からこの国の政治を取り仕切る宰相のヴェルディは、灰色の瞳でじっとプラティナを見つめていた。

年は五十を超えていたはずだが、ヴェルディはずいぶんと若々しく見える。長身でがっしりとした体格をしていることもあり、黙って佇《たたず》んでいると政治家というよりは軍人のようだった。真っ黒なローブを着ているから、余計に存在感がある。

（相変わらず怖い顔）

ヴェルディとは直接言葉を交わした記憶はほとんどない。

国王が存命であった頃、その横にいたのを見たことがあったが、その時も今同様にじっと見つめてくるばかりで優しい言葉一つかけてもらった記憶がない。

今回の巡礼は、おそらくヴェルディの計略なのだろう。冷徹な彼らしいことだとプラティナは苦笑いを浮かべる。

（ここに私の味方はいないのね）

悲しみよりも虚しさがこみ上げてくるが、なんとか苦笑いでやりすごす。

「プラティナ様」

呼びかけられて振り返ったプラティナは思わず目を丸くする。

「この者があなたの従者になります」

「……まぁ」

我ながらずいぶんと間抜けな声だった。

だが、それ以外に言い様がなかったのだ。

黒い髪に黒い瞳の青年がそこにいた。

年はメディより一回りは上だろうか。どこか擦れた雰囲気と鋭い視線はまるで大型の肉食獣のようで、ずっと見つめていると腹の奥から体温が奪われていくような錯覚に襲われる。

地面に膝をつけているため背の高さはわからないが、細身ながらもずいぶんと鍛えられた体形をしているのが服の上からでもよくわかった。

ただ、大きな問題が一つだけあった。

彼はその両手首を大きな鎖で拘束されていたのだ。

一つ一つがプラティナの拳よりも大きくとても厚くて重そうだった。

「ええと……彼が、従者ですか？」

「はい。名はアイゼンといいます。流れ者の騎士で、先日までは近衛騎士団に所属していたので腕は確かです」

「まぁ、そうなの」

使者の様子があまりに普通なので、プラティナはアイゼンの腕を拘束している鎖について質問しそびれてしまう。

周囲もその鎖については気にならないのか、何も言わない。

どうするべきか迷っていると、アイゼンと目が合ってしまった。

(どうすれば……)

たっぷり数秒間迷ったプラティナだったが、意を決したようにつばを飲み込むと、精一杯の笑みを浮かべた。

「こんにちはアイゼン。私の従者を務めてくださるのですよね？　大変な役目なのにありがとう」

気になることはいろいろあったが、従者として仕えてくれる相手なのだ。挨拶は大切だろうとプラティナは静かに腰を折る。

「どうも」

だが、返ってきた返事はあまりにもそっけないものだった。

まるですねた子どものような挨拶に周囲の空気が一瞬固まる。

いくら聖女でなくなったとはいえ、プラティナは王女だ。無礼な態度を取っていい相手ではない。

「貴様！　身の程をわきまえんか!!」

当然、使者が真っ赤な顔をしてアイゼンを叱り飛ばすが、彼はどこ吹く風だ。

まるでこの場にいるのが耐えられないといった表情に、プラティナは息苦しさを感じた。

(……ああ、きっと彼は私の見張りを押しつけられたのね)

理由はわからないが、きっとアイゼンにとってこの任は不本意なものに違いない。

先ほどの説明では、彼は近衛騎士団に所属『していた』らしい。つまり、今は近衛騎士団所属ではないのだろう。

おそらく、プラティナに付き添わせるために解任なり異動なりさせられたに違いない。

「申し訳ありませんプラティナ様。まあ、態度は悪いですが腕は確かです。流れ者ですので旅慣れてはいますから、きっと道中のお役に立つはずですよ」

まるで物でも売るような口調にプラティナは眉根を寄せる。

アイゼンにも意思があるだろうに、どうしてそう勝手に決めてしまえるのか。

(彼ではいやだと言ってみようかしら)

そうすれば、もしかしたらアイゼンは自由になるかもしれない。

これまでほとんど我《わ》が儘《まま》など言わなかったプラティナが、死を目前にして一つくらい言っても許されるのではないだろうか。

(でも……)

ゆるゆると顔を上げたプラティナは、再びアイゼンと視線を合わせる。

表情こそ険しいがアイゼンの瞳には憤りや憎しみはこもっていないように見えた。

「わかりました」

静かに頷けば、使者がほっと息を吐く。

成り行きを見守っていた周囲の兵士たちやメディたちも、プラティナの了承に満足げだ。

「アイゼン、至らぬ王女ですがどうぞよろしくお願いします」

「……ああ」

てっきり反発するかと思ったアイゼンは静かに頷いた。

どうやら嫌われているわけではないようだとほっとしたのもつかの間、カツカツとヒールが地面を叩く音が近づいてきた。

「どうやらお話は決まったようですわねお姉さま」

「メディ……」

プラティナとアイゼンの間に割り込むように現れたメディは、自分を大きく見せるように腰に手を置き胸を反らせる。

「善は急げと言いますわ。こちらで用意は終わらせております、どうぞ巡礼の旅に出てちょうだい」

「……！」

その言葉にさすがのプラティナも目を丸くする。

「待ってメディ、今からだなんてそんな」

「あらいいじゃない。お姉さまに別れを惜しむ相手などいないでしょう？　私が見送ってさしあげるだけでも感謝していただかないと」

「そんな」

唖然とするプラティナの周りを兵士がぐるりと取り囲む。

どうやら異論は許されないようだ。

アイゼンもまた、兵士たちに両脇を抱えられるようにして立たされていた。

両腕の鎖が重そうにじゃらりと音を立てる。

「あの、せめて彼の鎖を……」

「鎖？　何を言ってるのお姉さま」

メディが怪訝《けげん》そうな顔でプラティナを見つめ、それからアイゼンに視線を向ける。

じろじろと不躾《ぶしつけ》な視線を向けられているアイゼンは、どうしたことか驚いた顔でプラティナを見つめてきた。

先ほどとは違う、明らかに感情のこもった視線にプラティナは戸惑う。

（もしかして、あの鎖が見えていない？）

見えない鎖などあるのだろうか。

混乱するプラティナにメディが不愉快そうに唇を尖らせる。

「とうとう幻覚まで見えはじめたのかしら。やはり早く旅に出るべきね」

「っ、待ってメディ！」

「お姉さまをお連れしなさい！」

メディの指示に兵士たちが一斉に動き出す。

「それではごきげんよう、お姉さま。安心してくださいね。お姉さまの追悼碑は私が監修して素晴らしいものを作っておきますから」

可愛い顔と声で残酷なことを言いながらメディはたおやかに手を振ってみせた。

逆らう術《すべ》のないプラティナは半ば強引にその場から連れ出されたのだった。

＊＊＊

ガタガタときしんだ音を立てながら、プラティナとアイゼンを乗せた荷馬車が林道を走っていた。

馬を操る白髪交じりの老人は、先ほどから何度も不安そうに二人を振り返ってくるが、声をかけてくることはない。

それもそうだろう。

彼は王都のはずれまで二人を運ぶようにと兵士たちに仕事を押しつけられた城の馬丁だ。

きっとプラティナの正体も知らないに決まっている。

（はぁ）

心の中でため息をつきながらプラティナは目の前に座ったアイゼンを盗み見る。

何か話した方がいいかと思いながらも、かける言葉が見つからない。

なにより、彼の両腕に巻き付いた鎖の正体が気にかかる。

当のアイゼンはプラティナの心配など全く気にしていない様子だ。

どっかりと腰を下ろしてじっと目を閉じている。よく見れば顔色が酷く悪い。

（もしかして、彼も私と同じなのかしら）

不意にそんな予感が込み上げてきた。

プラティナは余命わずかであることを理由に厄介払いされた存在。その従者に選ばれた彼も、何かしらの事情を抱えているとしたら。

申し訳なさと少しの仲間意識が、プラティナの心に芽生えた。

（少しでも仲良くできればいいのだけれど）

どうせ先の短い人生だ。追放同然の旅路とはいえ念願の外の世界。

せめて心穏やかな時間を過ごせればいいと思っている。

気分を変えようとプラティナは周囲の景色に目を向けた。

これまで窓ごしにしか見てこなかった自然はとても新鮮だった。木々と土と生き物の匂い。ああ、これが外の世界なのだと自然と頬が緩んだ。

死ぬことは怖かったが、外の世界に触れられる喜びはそれ以上だった。

「何故、笑っている」

「!!」

突然かけられた声に、プラティナはびくりと震えて前を向いた。

先ほどまで目を閉じていたはずのアイゼンがしっかりと両目を開け、プラティナを見つめている。

黒い瞳の鋭さに、思わず身がすくんでしまう。

「外の景色が、その、素敵で……」

「こんな景色がか？」

アイゼンは本気で不可解そうな顔をしてプラティナに倣《なら》うように周りの光景をぐるりと見回した。

「王宮の庭園の方がよっぽど綺麗だったと思うがな」

「……そうかもしれません」

七歳まで暮らした王宮の庭園は確かに美しく整っていた。神殿にも小さいながら庭があり、いつも花が絶えなかった記憶がある。だが。

「人の手が入っていない自然を見るのははじめてなんです」

なんだかずいぶんとみっともない打ち明け話をしている気分になって、プラティナは視線を下げる。

この年で、外に出るのがはじめてだと知られるのが恥ずかしかった。

「……はじめて、なのか」

「はい。私は七歳の時から十年間、ずっと祈りを捧げるだけの日々だったので外に出ることは許されておりませんでした」

「十年」

アイゼンの表情がはじめて大きく変化した。目を見開き、信じられないものを見るような目でプラティナを凝視している。

そんなにまじまじと見つめられると落ち着かない。

「君は、アレの姉なのだろう?」

「アレ……?」

「……メディ殿下だ」

まるで嫌いな食べ物の名前を言うような声でメディの名を口にしたアイゼンの表情は険しい。

おや？　と思ったプラティナだったが追及はせずに素直に頷いておく。

「はい。と言っても、半分だけです。私とメディは母親が違います」

もしメディが両親ともに同じ姉妹であれば、何かが違ったのだろうか。

幼い頃、まだ父である国王が健在だった時はプラティナとメディは分け隔てなく扱われていた。共に遊んだ記憶もある。

だが、国王が逝去しレーガが女王の座に就くことが決まってすぐプラティナは追われるように神殿に押し込められたのだ。

それ以来、メディとは最低限の関わりしかなかった。

顔を合わせる度、メディはなにかとプラティナに辛く当たるようになっていった。

最初は理由がわからなかったが、世話をしてくれる人々からの噂によると、どうやらプラティナが『聖女』だと一部の人々から信仰されていることが気に食わなかったらしい。

その話を聞いた時、プラティナは苦笑いするしかなかった。

信仰されているといってもそれはプラティナ自身に対するものではない。めったに人前に姿を見せぬ『聖女』という存在を神格化した人々が、勝手に広めた噂だ。

プラティナにしてみれば、王宮でお姫様としてたくさんの人々に大切にされているメディの方がずっと恵まれているというのに。

「私はずっと神殿でひっそり生きてきました。あの子とは……何もかもが違います」

着たままの祭服は裾が擦り切れており、ずいぶんとみすぼらしい姿だ。

メディのような華やかなドレスなど成長してからは一度も着る機会がなかった。髪だってただ下ろしているだけで綺麗に結い上げたことなどほとんどない。

「……そうだな」

自ら卑下しておきながら、同意されると胸が痛む。

こんな自分と旅をする羽目になったアイゼンに対する申し訳なさに、指先が冷たくなった。

「君はあの女とはずいぶん違う。あの女は、そうやって己を冷静に見る目を持っていなかった」

「え？」

何を言われているのかわからずアイゼンを見れば、彼もまたじっとプラティナを見ていた。

黒い瞳が先ほどよりも少しだけ柔らかな光を帯びているような気がして、落ち着かない気持ちになる。

「あの、アイゼン様はどうして私の従者に？」

話題を変えたくて咄嗟《とっさ》に質問していた。

口にしてから、どうしても何もないだろうと自分のうかつさに小さく唸《うな》ったプラティナだったが、アイゼンは特に気にとめた様子もない。

むしろ、ようやく聞いてくれたかとでも言うように軽く肩をすくめた。

「俺はずっと各地を旅して生きてきた傭兵だった。数年前、この国で行われる剣技大会に参加するためにやってきたんだ。そこでうっかり優勝してしまって、勝手に近衛騎士団に入団させられた」

あまりにもつらつらと語るものだから、プラティナは頭の中で何度かアイゼンの言葉を反芻《はんすう》してようやく彼の身の上を理解できた。

「勝手に近衛になんて……そんなこと、ありえるのですか？」

「俺も当時はそう思ったよ。もちろん抵抗した。だが、剣技大会の優勝賞品の一つが、この国への仕官だったと言われれば逆らうこともできなかった。そしてどういうわけか近衛騎士に任命されていた」

「まあ……」

「あとから知ったことだが、どうやら俺の容姿をあの女……君の妹が気に入ったらしい。この国では黒髪黒目は珍しいんだろう？　毛色の違う男を侍らしたかったんだろう」

「メディが？」

信じられない思いでプラティナは何度も目を瞬《しばたた》く。

確かに神殿を訪れるメディはいつも見目麗しい近衛騎士を同行させていた。まさかそれがメディ自身の嗜好《しこう》によるものだったなんて。あまりにも身勝手な権力の乱用に、さすがのプラティナも呆《あき》れることしかできなかった。

「俺は自分の腕を磨ければ場所はどこでも良かったんだ。だが、この国の近衛はあの女の人形だ。ろくな訓練もせずに見た目を磨くことばかり考えていやがる。だから俺は、辞めたいと何度も言ったんだ」

その時のことを思い出したのか、アイゼンが苦虫をかみつぶしたような表情を浮かべる。

強く拳を握りしめた拍子に、その手首に巻き付いた鎖が重い音を立てた。

「俺の訴えはずっと握りつぶされていた。あの女の機嫌を損ねるのがいやだったんだろう。だから俺は一週間前、この国から脱走しようとしたんだ」

「脱走、ですか」

「ああ。ずっと飼い殺しにされるよりは、脱走者として追われる方がましだからな。この国さえ離れてしまえば、生き方はいくらでもある」

馬車の進行方向へと視線を向けたアイゼンの横顔は、どこかすがすがしかった。

元々が旅人ということもあり、生きる力が強いのだろう。あふれ出てくる生命力の眩《まぶ》しさに、プラティナは目を細める。

「だが、失敗した。近衛騎士の中には俺を疎んでいる連中が多かったからな、見張られていたんだろう。それで、捕まってこのざまさ」

自嘲気味に唇の端をつり上げたアイゼンが己の両腕を掲げてみせた。

「なぁ王女様、君にはこれが見えるんだろう?」

「その、鎖、ですよね」

「ああ。あの女には見えていなかったようだが……これがなんなのか、君はわかってるようだな」

「……はい。それ、呪いですよね」

プラティナの回答にアイゼンは満足そうに目を細めた。

「そうだ。これは国から脱走しようとした俺への罰だそうだ。あの城にいた妙な魔術師が、嬉々として俺にこの鎖をつけた」

アイゼンが腕を振ると鎖は重厚な音を立てる。

だが、よくよく目をこらせばその鎖が実体を伴っていないことがわかった。どんなに振り回しても鎖はアイゼン以外には触れることがない。その証拠に荷馬車の床には傷一つ、ついていなかった。

「不愉快なことにこの鎖をつけられてから、俺は自分の意思では行動できない。逆らえば鎖が死ぬほど重くなり腕がちぎれそうになる。実際、魔術師も俺が本気で命令に逆らえば鎖が腕をちぎると言いやがった」

吐き捨てるように語るアイゼンの表情には明らかに怒りが滲《にじ》んでいた。

当然だろう。無理矢理に近衛騎士にしてこの国に留《とど》め、なおかつ自由を求めただけなのに騎士としては死も同然の呪いをかけられて。

（ああ、やっぱりこの人は私によく似ている）

先ほど覚えた共感は間違っていなかったと感じながら、プラティナはアイゼンを見つめた。

「俺がかけられた制約は三つだ。あの国の権力者の命令に逆らわないこと、君の旅の従者となり護衛をすること、そして」

言葉を切ったアイゼンの視線が、まっすぐプラティナを刺した。

「君の死を見届けること」

「っ……」

「なぁ、君はいったいどんな役目を負わされてる？　王女なんだろう？　これはただの巡礼の旅ではないのか」

まっすぐな問いかけに息を呑む。

アイゼンの態度からプラティナの運命を知らない可能性には気がついていたが、本当に知らなかったのか、と。

「あなたには知る権利があると思います。聞いてくれますか、私の運命を」

「君の、運命？」

「私、余命わずかなんですって」

アイゼンの瞳が見開かれるのを見つめながら、プラティナは静かに微笑んだ。

これまでのことを全て話し終えた時には、晴れ晴れとした気持ちだった。

七歳から神殿に閉じ込められ、関わるのは最低限の神官と時折来る城からの使者のみ。誰かに自分の気持ちを伝えたことなどほとんどなかったから。

「なるほどな」

アイゼンはどこか納得したように何度か頷いた。

「あの国はどこかおかしいとは思っていたが、ここまでとは思わなかった。いくら女王の実子ではないとはいえ、王女が死ぬとわかっていて追放するか？」

完全に呆れているのがわかるその口調と表情に、プラティナは苦笑いを浮かべる。

「仕方ありません。女王陛下にとって私は邪魔でしかない存在でした。あの国であの方に逆らえる者などいません」

「女王レーガか……」

「幼い頃、城に帰りたいと神殿で泣いたことがありました。知らない人ばかりの場所でとても寂しかった。その時、私の世話をしてくれていた女官に言われたのです。『命を取られなかっただけでもよかったと思いなさい』と」

女官がどんな意図を持ってその言葉を口にしたのか、プラティナにはわからない。彼女がどんな顔をしていたかなど覚えていない。

泣き続ける子どもが煩わしくて脅したのか、本気で案じてくれていたのか。

だが、その言葉を聞いて幼いプラティナは泣き止んだ。生きていたければ、聖女として祈り続けるしかないと、子ども心に理解したのだ。

「……女王陛下の統治になってこの国はずいぶん荒れたと聞いております。私は神殿で伝え聞くだけでしたが、父に仕えていた高官たちの半数以上は処刑や流刑にされたと。いつ私にその矛先が向くかわかりませんでしたし」

父が治めた美しく優しいシャンデはもうここにはない。毎日のように聖なる力を使って祈りを捧げていたプラティナはそのことに気がついていた。

だが、プラティナには何もできない。無力な自分が情けなくて、ずっと祈ることで現実から逃避してきた。

「私が死ぬのは、王族としての役目から逃げていた罰なのかもしれませんね」

「馬鹿か君は」

強い言葉にプラティナが顔を上げれば、どこか怒ったような顔のアイゼンと目が合う。

「そんなことで人が死ぬわけないだろう。大体なんだ、君は。死をそんなに簡単に受け入れる馬鹿がいるか。暴れるなり何なりして、逃げればよかっただろうが」

「そんな、こと」

できるわけがない、と言いかけたプラティナだったが反論の言葉が上手く見つからない。

確かに、どうして自分は逆らわなかったのだろう。神殿に入れられた当時はまだ父に仕えていてくれた臣下たちがたくさんいたはずなのに。

成長してからも神殿の中にはレーガの目を気にしながらもプラティナに優しくしてくれた人だっていた。聖女様と笑顔を向けてくれる信徒たちだっていたのに。

その人たちに逃がして欲しいと頼めばよかったのだろうか。

黙ってしまったプラティナに、アイゼンが少しだけ気まずそうな顔をする。そのまま言葉を選ぶように視線を動かすと、はぁ、と荒っぽく息を吐き出した。

「まぁ、君には考える余地もなかったんだろうな。すまない、君の立場もよく考えずに好き勝手なことを言った」

「いえ、そんな……」

「俺も、こんな呪いをかけられて気が立ってたんだ」

じゃらり、と両手首の鎖を忌々しげに見つめるアイゼンの表情はどこかなげやりだ。

「そうですよね……あの、ちょっといいですか」

「ん？」

馬車の揺れを気にしながら膝立ちになったプラティナは、ゆっくりとアイゼンの方へと近寄る。突然距離を詰められたアイゼンはぎょっとした顔になった。

プラティナはそっと鎖に指先を押しつける。呪いで作られた鎖は実体がないのでアイゼン以外には触れられないはずなのに、プラティナの指は確かに鎖に触れている。

そのことに、アイゼンは目を丸くして動きを止めた。

「本当に酷い呪いです。今、取りますから」

「お、おい!?」

狼狽《うろた》えた声を上げるアイゼンを無視して、プラティナは指先に祈りを込める。

聖なる力が鎖へと流れ込み、あんなにがっしりとアイゼンの両手首を拘束していた鎖は、まるで砂のように崩れて消えてしまった。

「ふう、これで大丈夫ですよ」

「嘘だろ」

呆然という表現がぴたりとあてはまる顔をしたアイゼンは自由になった両手を握ったり開いたりして確かめている。

その様子を見ていたプラティナは安心したように顔をほころばせた。

「私、一応は元聖女ですので解呪は得意なんです」

「おいおい、マジかよ」

アイゼンは両手を大きく回したのち、勢いよく立ち上がると腰の剣を抜き軽々と振り回す。揺れる荷台の上とは思えない身軽さで身体を揺らすことなく剣を操る姿は見惚《みと》れるほど美しかった。

(剣技大会で優勝したほどの実力者だものね)

「完全に呪いが解けてる」

「よかったです。これでアイゼン様は自由ですよ」

メディの我が儘で迷惑をかけてしまった償いくらいにはなっただろうか。

「あなたには本当にご迷惑をおかけしました。もう、無理に私を見張っている必要はありません。どうか、このまま逃げてください」

元々、プラティナは一人で巡礼の旅をする覚悟をしていた。

従者がいなければ外に出してもらえないと思ったからあの場では受け入れただけで、旅の途中で別れるつもりだったのだ。

いずれ死ぬ人間の世話など誰もしたくないだろうから。

あの場でアイゼンでは嫌だとごねていたら、きっと彼は何らかの罰を受けるような予感があった。

鎖が呪いであることには途中で気がついたが、事実を知った今となってはやはり断らなくて正解だったと思っている。

「あなたはきっと強いでしょうから、捕まることはないと思います」

「君はどうするんだ」

「命令どおり、聖地を巡礼しようと思います」

「本気か？　君、死ぬんだろう？」

「だからかもしれません」

肩をすくめながら笑うプラティナを、未知の生き物を見つけたような表情でアイゼンが凝視してくる。

「私、ずっと自由がなかったんです。どうせ死ぬなら、外の世界を見てみたいと思って。巡礼はそのついでのようなものです。とくに行きたいところもないですから」

本心だった。

これまでも国の平和を祈ってきた。ならば巡礼で命を落とすのは一番自分らしいのではないかと。

「自分でも驚いているんですが、やりたいこととか後悔らしいものがほとんど浮かばなくて」

死を間近に感じた瞬間、湧き上がったのは自由への欲求だった。

誰にも邪魔されず外の世界を歩き回って、知らないものを見てみたい。

「これは、私の最後の我が儘なんです」

恐怖がないと言ったら嘘になる。だが、きっと閉じ込められて一生を終えるよりはずっといい。

このままどこかで野垂れ死んだとしても、自分の足で歩いてここではないどこかに行けるのならば、きっと後悔せずに逝ける気がするから。

「あなたを巻き込んでしまったこと、本当に申し訳なく思います。もし追っ手が私のもとに来ても適当に誤魔化しますから、どうぞお好きなところに行ってください」

振り返ってみれば、聖女としての役目以外で聖なる力を使ったのはこれが初めてかもしれないとプラティナは気がつく。

言われるがままに祈りを捧げ、神殿を訪れる人々へ祝福を授けたり呪いを解いたりと、役目としてしてきたことばかりだ。

「最後に、あなたの呪いを解けてよかった」

自分も解放されたような気持ちでプラティナが微笑めば、アイゼンは「くそっ」と悪態をついて自分の頭をかきむしった。

剣を鞘に収め、どっかと荷台に腰を下ろしたアイゼンはじっとりとした視線をプラティナに向けてくる。

「本気で巡礼を続けるつもりか」

「はい。ほかにやることもありませんし」

質問に素直に答えれば、アイゼンはがくりとうなだれる。

「……俺も行く」

「え？」

「俺も行くと言った」

信じられない言葉にプラティナは目を丸くする。

「でも、せっかく呪いが解けたのに……」

「だとしてもおそらくまだ見張りがついているだろう。今ここで俺が急に姿を消せば騒ぎになる。君に同行して頃合いを見て姿を消した方が安全だ」

「ああ、なるほど。それは気がつきませんでした」

「それに、俺は助けてもらった恩を仇《あだ》で返すような不義理な男じゃない。せめて君が旅に慣れるまでくらいは手伝わせてくれ」

　さきほどまでの鋭い視線とは違い、どこかすがるような優しい色合いを帯びた瞳にプラティナは目を瞬く。

　断るべきなのだろうが、やはり不安だったのも本当で、その申し出はとてもありがたいものに思えた。

　出会って間もないのに不思議な話だが、アイゼンを怖いとは感じないのだ。むしろこれまで傍にいた人たちよりもずっと素直で優しい人に思える。

　少しの間なら、頼っても許されるかもしれない。

「では、お言葉に甘えさせてください」

「ああ」

　ほっとしたように頷くアイゼンの優しさにプラティナは微笑んだ。


　粗末な荷馬車には不釣り合いな、清廉な少女の姿にアイゼンは目を細める。

　油断すれば気分が悪くなりそうなほど酷い揺れだというのに、プラティナはどこか楽しそうに周囲を見回し続けていた。

（あんな呪いを一瞬で解くだなんて。何者なんだこの娘）

先ほどまで痛いほど両手首に絡みついていた鎖はすでに消えている。少しでも逆らおうとすれば鉛のように重くなり動きを鈍らせた、おぞましい呪い。

自由に剣すら振るえなかった苛立《いらだ》ちを思い出し、アイゼンは拳を握りしめる。

シャンデという小さな国で行われている剣技大会に興味を持ったのは偶然だった。優勝すれば多額の賞金が手に入るという話を聞き、腕試しとして当時のパーティのメンバー全員で参加したのだ。見聞を広めるため流れの剣士になり、傭兵紛《まが》いの仕事をしながら様々な大会に参加してきたアイゼンにとってみれば、これまでと同じことのはず、だったのに。

優勝したのは運が良かっただけだと思う。組み合わせ次第では勝てなかったかもしれない。今思えば負けていた方がずいぶんましだったのに。

（大会に参加する際に書かされた契約書そのものに隷属の呪いに近い拘束力があった。なんなんだこの国は）

大会の優勝者というだけで国の中枢にも近い近衛騎士団に配属され、お飾りとして扱われた屈辱の日々。

国を治める女王レーガには直属の護衛たちがいたためアイゼンが関わることはなかったが、姿だけは何度か目にしたことがある。

気位の高そうな派手な美女で、全てを自分の支配下に置かなければ気が済まない性格なのが見ているだけでわかった。

その傍に常に控えている宰相も不気味な男で、遠くから女王の様子を見ていただけなのにすぐにアイゼンに気がつき睨《にら》み返してくる勘の良さ。あれはただの文官上がりではない。

奴らは敵に回してはいけない存在。

裏を返せば敵にさえしなければ脅威ではない。

やっかいなのは、この国のもう一人の王女であるメディ。

メディは見目こそ愛らしいが、中身は醜悪な小物だ。

母親の権威を盾にやりたいほうだい。自分が世界の中心だと信じている。

アクセサリーのように近衛騎士を日替わりで自分の傍に控えさせ、我が儘三昧。

従う連中は騎士の心得などほとんどなく、見た目だけで選ばれたハリボテばかり。少しでも自分や家門の待遇を良くするためにメディに気に入られようと機嫌取りに精を出していた。

気に入られたくなかったので常に塩対応だったが、メディはそれを面白がってアイゼンを重用した。それが周囲の嫉妬を生んでいたのは理解していた。だが無視していた。

逃げだそうにも契約があり自由はきかない。

だが、あの日突然その拘束が緩んだのだ。まるで細い鎖がプツンと切れたように。

これまでも何度かそういうタイミングはあった。だが、ここまで大きなものはなかった。

だからその瞬間を逃さないように脱走を図ったのに。

(まさか見張られていたとはな)

告発したのは同僚の近衛騎士だったという。媚《こ》びないくせにメディのお気に入りだったアイゼンが気に食わなくて、いつか足をすくってやろうと待ち構えていたのだろう。

だから逃げ出す気配を敏感に察知して、告げ口した。

腐った国だと思う。狂気の沙汰にも思える呪いの鎖といい、あまりにも異常だ。

それ以上におかしいのが、今目の前にいるプラティナという少女だった。

(彼女の話が全て事実なら、王女を監禁同然で聖女にしていたことになる)

いくら女王の実子ではないとはいえ妙な話だ。血統だけでいえば、そもそもプラティナこそが女王になる資格を持つ。

なにより、アイゼンの呪いを解いた力はすさまじかった。プラティナは気がついていないようだったが、アイゼンにかけられた呪いはとても強力で、通常の方法では神官複数が全力で取りかからなければ解呪できないほどだったのに。

(あんなにいともたやすく解呪した……こんなに力の強い聖女を余命わずかだからと追放？　正気なのか、この国は)

もしアイゼンがこの国の関係者ならば、どんな手段を使ってもプラティナの延命に全力を注ぐように指示するだろう。放逐などとんでもない話だ。

(これは、想像していたよりやっかいだぞ)

木漏れ日に目を細めるプラティナの穏やかな笑顔を見つめながら、アイゼンは腹の中で舌を打つ。

(やはり彼女の提案どおり逃げるべきだったのかもな)

迷う思考を打ち消すように浮かんだのは、呪いを解いた瞬間のプラティナの笑顔だ。

なんの下心もなく、ただ純粋にアイゼンの呪いが解けたことを喜ぶ姿。

あんな幼気《いたいけ》な笑顔を見せられて放っておくなんてできるはずがない。

プラティナが視線に気がついていないのをいいことに、アイゼンはじっくりとその姿を観察する。くたびれた祭服から覗《のぞ》く手足は力を込めて握ったら折れそうなほど細いし、顔色だって悪い。その割に瞳だけは妙にきらめいていて酷くアンバランスだった。

(栄養が足りていないんじゃないか？　それにずっと神殿にいたのなら、体力だってないだろうし)

彼女の命を蝕《むしば》む病がなんなのかわからない間は具体的な手の打ちようがないが、自分にできる限りのことはしよう。もしかすれば他国でなら治せる病の可能性だってある。

自分の死期を悟り、ただ自由に旅がしたいと願う彼女を助けてやるくらい簡単なことだ。

最後の願いが自由な旅などと言ういじらしさが、胸を打つ。

アイゼンは静かに苦笑いを浮かべる。

何かを庇護《ひご》したいという人間らしい感情が自分にあったことに新鮮な驚きを感じていた。

(どうせ助けられた命だ。流れに身を任すのも悪くないさ)

解呪できなければいずれは使い捨てられていた身。これもなにかの運命だと、アイゼンはこの奇妙な少女の旅に付き合う覚悟を決めたのだった。


林道を抜けると広い平原に出た。周囲は山々に囲まれておりとてものどかだ。

先ほどまでとは違う新しい景色にプラティナは子どものように目を輝かせる。

荷馬車の進行方向にぽつりと何かの建物が見えた。

「あれは……？」

物珍しさにプラティナが荷台から身を乗り出せば、アイゼンがそんなことも知らないのか、という顔になる。

「城門だな。この国は都ごとにああやって城門を作って人の出入りを管理している。許可なく街から街に移動できないようにしてあるんだ。許可証のない旅人は門をくぐる度に税金を納めなければならない」

「大変。私、お金持ってないです！」

「安心しろ。君と俺の旅の許可証は持たされている。最低限だが、金と食料もソコに積んであるぞ」

顎で指し示された方を見れば、荷台の片隅にいくつかの小袋が積んであるのが見えた。そういえば兵士が何かを載せていた記憶がある。

「これで一安心ですね」

「君な……これっぽっちで巡礼を回りきれるわけないだろう。それに、君の格好は旅には向かない。どこかの街で装備を調えないとな」

ぶつぶつと何やらアイゼンが呟き始めたが、よく聞こえない。

（ずいぶん雰囲気が変わった気がするわ）

呪いを解いたせいだろうか。陰鬱としていた表情がいくらか明るくなり、少し饒舌《じょうぜつ》になったようにも感じる。

なによりプラティナに対する態度が軟化してきたことが純粋に嬉しかった。

（短い間とはいえ一緒に過ごすんですもの。できれば仲良くしたいわ）

旅どころか外の世界のことを何も知らないプラティナにとって、今のアイゼンは命綱だ。

彼の善意に頼るのは心苦しかったが、今はそれに頼らせてもらうしかない。

（呪いを解除したくらいで旅の手伝いをしてもらうのは申し訳ないから、なるべく迷惑をかけないようにしなくっちゃ）

「私は何をしたらいいですか？」

「君はとりあえず無理をしないことだ。巡礼をやり遂げたいのなら、しっかり食事をとり休める時は休め。いいな」

「はい！」

素直に返事をすると、アイゼンは満足そうに頷いた。

そうしているうちに不意に荷馬車が動きを止める。

「あれ？」

城門まではまだ少し距離がある。どうしたことかと御者台に目を向ければ、老人が怯《おび》えた顔でこちらを見ていた。

「お、俺の役目はここまでになります」

おずおずと声をかけてくる御者の顔は真っ青だ。きっとずっと緊張状態だったからだろう。老体には荷が重い役目だったろうと、申し訳なさにプラティナは眉尻を下げる。

「おい。どうして城門まで行かない」

「ひっ！」

アイゼンの問いかけに御者が身体を跳ねさせて怯える。

「へ、兵士様たちの指示です。城の荷馬車で近づくことはならんと」

「……ちっ、面倒だな」

「あの？」

二人の会話の意図がつかめずプラティナは首を傾げる。

「連中は君の正体を隠したいんだろう。荷馬車とはいえ城の所有物でわざわざ人を送り届ければいったいどこの誰かと話題になりかねない。俺たちはあくまでも一般の巡礼者としてあの城門をくぐらなければならないということだ」

「なるほど」

「連中はよほど君を殺したいらしいな。余命わずかな人間を歩かせるなんて」

鋭い視線に御者がヒッと息を呑む。

「彼にはなんの非もありません。そのように睨まないであげてください」

「ふん」

アイゼンは不満げに鼻を鳴らすと、積んであった荷物を抱えてさっと荷馬車から降りてしまう。

ぽつんと残されたプラティナは苦笑いしながら御者の方へと視線を向けた。

「ごめんなさいね」

「いえ」

決まりが悪そうに目を逸らした御者の姿にプラティナは胸が痛くなった。

きっと恐ろしかったことだろう。兵士たちに突然取り囲まれ、理由も知らされず正体のわからない男女を連れてここまで来るのはきっと不安だったはずだ。

アイゼンに倣い荷台を降りたプラティナは、荷馬車の前に回って御者へと近づきぺこりと頭を下げた。

驚いたのか御者は大げさに身体を震わせていたが、御者台に座ったままでは悪いと思ったのか自分からソコを降りると帽子を外して頭を下げてくれた。その優しさにプラティナは笑みを深くする。

アイゼンは荷物の確認に忙しそうで、まだこちらに来る気配はない。

「なぁ……」

「はい？」

「さっき話していたのが少し聞こえたんだが、あんた、本当に巡礼に行くのかい」

「ええ」

「聖地に行くのは本当に過酷らしいから、どうか気をつけるんだよ」

「……ありがとう」

老人の顔には心配の色が宿っている。おそらく荷台での会話を聞いていたのだろう。だが彼の立場からプラティナたちに何か言えるわけでもできるわけでもない。

それでも心配してくれる気持ちが嬉しくてプラティナはそっと御者の手を取った。

皺《しわ》だらけの手は冷え切っていた。触れられたことに驚き縮こまるその身体に、プラティナはそっと聖なる力を流し込む。聖女の癒やしは疲労にも効果が高く、心を落ち着かせることができる。きっと城に戻る道中も安全に過ごせるだろう。

「な、な？」

見る間に顔色が良くなった御者は自分の体調の変化に気がついたのだろう。驚きの形相でプラティナに触れられた手をじっと見つめていた。

「あなたもお気をつけて」

「あ、ああ……」

呆然とする御者から離れ、プラティナはアイゼンのもとへと戻る。

アイゼンは旅支度を済ませたらしく、大きな荷物を軽々と背負っていた。

「挨拶とやらは済んだのか」

「ええ。無事に」

「律儀な奴だな。じゃあ行くぞ」

「はい」

促され、プラティナはアイゼンの横を歩き出す。

不意に視線を感じて振り返れば、御者はその場に立ち尽くしたままこちらを見ていた。まるで見送ってくれているようなその姿にプラティナは小さく手を振ったのだった。

去っていく少女と騎士という不思議な組み合わせを見送りながら、バッスは呆然と手を振り返した。

ここ数年、ろくに動かなかった指先が軽やかに動くのがわかる。

バッスはもとは腕のいい調教師で城の全ての馬たちの調教を任されていた。王家の馬は品質が良く仕事にはやりがいがあった。

だが、十年前バッスの人生はがらりと大きく変わることになる。

敬愛していた国王が急死し、王妃だったレーガが女王として即位したのだ。たくさんいたはずの馬たちはどんどん数を減らされ厩舎《きゅうしゃ》の予算までも削られ始めた。

レーガがかわいがるのは見た目ばかりが美しい希少な馬たちで、調教などもってのほかだとバッスは近寄ることすら許されなかった。

下働きの人数も減り、バッスは調教師でありながら馬丁に交じって馬たちの世話をする日々。どんなに丁寧に馬を躾けたところで、乗る者のいない馬たちはどこか寂しそうだった。

ある日、どんな気まぐれか王女であるメディが厩舎にやってきた。

母を真似《まね》て馬に乗りたいと我が儘を言ったらしい。これまでろくに乗馬の練習もしていない上に、きつい香水をつけ重たい装飾品を身にまとったメディに馬たちは当然逆らった。

暴れる馬をなんとか落ち着かせようと近寄ったバッスだったが、思い通りにならないことに怒ったメディの金切り声がトドメを刺してしまった。

「うわぁぁ！！！」

一斉に走り出した馬たちに呑まれ、バッスは地面に倒れ込む。硬いひづめが手の甲を砕く激痛にバッスは気を失った。

そして次に目を覚ました時、バッスは不自由な右手を抱えて生きていくことを余儀なくされたのだった。

王女の起こした騒動だというのに王女は責められず、バッスが手塩にかけて育てた馬たちのほとんどはメディを傷つけかけた罪で処分されてしまっていた。

生きがいも居場所もなくしたバッスは、荷運び用の馬たちの世話をする最下層の馬丁となり、ただ生きているだけの日々。まだ壮年と言っていい年だというのに、老人と間違われるばかりの外見になってしまった。肉体に引きずられるように、心までもがどんどん老いていく。

手の甲以外もあちこち骨が折れ歪《いびつ》に繋がったせいでいつも全身が痛みを訴えていた。城はろくな薬もくれないので少ない給金をやりくりして痛み止めを買っていたというのに。

「いったい何が起こったんだ。身体が軽い……まるで昔に戻ったようだ」

軽やかに動く手足に引きずられるように、いつも暗雲が立ちこめていた心までもが晴れていった。

全身に活力がみなぎり、自然と背筋が伸びる。

「あのお嬢さんの力、なのか？」

すでにずいぶん遠くなった人影を見つめながら、バッスは呆然と呟く。

荷馬車を走らせている間、荷台からわずかに聞こえた「聖女」という単語がバッスの心を占めていく。もしや、という予感に胸が震えた。

「ああ……聖女様……！」

長年の苦しみが嘘のように消えた気がした。ここまで荷台を引っ張ってきた馬が、不思議そうにバッスを見ていた。

柄が気に食わないという理由だけで荷運びばかりさせられている馬に自分が重なる。

「なあ、俺と一緒に来るか？　もう疲れただろう」

その問いかけに応えるように馬がバッスに顔をすり寄せた。柔らかく温かな毛並みに涙が出そうになる。

「城に帰って退職願を出すか。お前を退職金代わりにくれと頼んでみるさ。駄目なら俺の蓄えで買い取ってやる。一緒に新しい人生を生きよう」

バッスは、滑らかに動く指先で手綱を握り締めた。

それから数年後。

シャンデから遠く離れた小さな国が、馬産業国家として名を上げることになる。

それはある有能な調教師がもたらした功績で、彼は歴史に名を刻むことになるのだった。

二章　新しい出会い

荷馬車から降り、城門に続く道をプラティナとアイゼンは並んで歩いていた。

今のプラティナは荷物の中に用意されていた灰色のローブを羽織らされている。

「祭服のままで出歩いていれば巡礼者だとすぐにわかるからな」

「駄目なんですか？」

事実、プラティナは巡礼に向かっているのだから隠す必要はなさそうなものなのにと首を傾げれば、アイゼンが呆れたようにため息を零した。

「巡礼者はカモにされやすいんだ。騙されて身ぐるみ剝がされるなんて話は珍しくない。特に君は若い女性だから、気をつけろ」

アイゼンの言葉を頭の中で反芻しながらプラティナは大きく頷く。

「わかりました。気をつけます!!」

「……先が思いやられるな……」

げんなりと返事をしながらも、アイゼンは道すがらいろいろな旅の心得を語ってくれた。

無理はしないこと。荷物は増やさないこと。不用意に人に関わらないこと。巡礼者を狙う犯罪者も多いので、むやみに旅の目的を口にしないこと。

どれもこれも納得できることで、プラティナはアイゼンの言葉一つ一つに感心しながら瞳を輝かせた。

「凄いですね、アイゼン様は」

「……その、『様』というのはやめろ。俺は一応、君の従者なんだぞ」

「でも、旅の師匠になるわけですし。お世話になるのに呼び捨てなんかできませんよ」

困ったように頭を掻いたアイゼンは、プラティナを見つめ諦めたように肩を落とした。

「とにかく、あの城門では余計なことは喋るな。俺が全部の手続きをする。君は黙って俺の傍にいたらいい」

「わかりました」

「城門を出てすぐに街があったはずだ。そこで旅支度を調えよう」

「はい！」

本当に旅がはじまったのだという喜びから大きな声が出てしまう。咎《とが》めるような黒い瞳にプラティナは急いで口をつぐんだ。

そうこうしているうちに城門の前まで辿《たど》り着いた。

見上げるほど大きな建物にプラティナは興奮気味だった。城と神殿以外の建物を見るのははじめてで、何もかもが新鮮に感じる。

「旅人か」

大きな門の前に立っていた兵士服の男性が声をかけてきた。

どこか疲れて落ちくぼんだ目元から、胡乱《うろん》げな視線が二人に向けられる。

「男と女か。不義の旅じゃあるまいな」

（ふぎ？　ふぎってなんでしょう？）

単語の意味はわからなかったが、明らかにこちらを疑うような兵士の態度に、プラティナは思わずアイゼンの陰に隠れた。

「まさか。きちんと許可を得て旅をしている者です。許可証をご覧ください」

そう言ってアイゼンは懐から鈍色《にびいろ》に光るプレートを二枚取り出した。

兵士はそのプレートを嫌そうな顔で睨み付けると、受け取って表面に書かれた文字をじっと目で追っていた。

数秒の間があったが、どうやら問題ないと判断されたらしく兵士はプレートをアイゼンに投げるように返してきた。

「薬師にしてはずいぶんな装備だな。しかもそんなガキを連れ歩くとは」

兵士の言葉に、プラティナは先ほどアイゼンから教えてもらった自分たちの設定を思い出していた。

巡礼の聖女とその護衛騎士、という肩書きでは騒ぎになる可能性がある。そのため、アイゼンは旅の薬師でプラティナはその弟子という肩書きになっているらしい。

薬師は貴重な職業なので粗末に扱われることが少ないからというのが理由だった。

「自分で素材を狩ることがあるので自然と。彼女はああ見えてなかなか優秀な存在なんですよ」

愛想のよい笑みを浮かべたアイゼンが、息をするように自然に嘘をつく姿にプラティナは思わず目を丸くする。先ほどまで会話をしていた姿とはまったく違う。

「ふん。まあいい。許可証は問題なかった」

「それでは、通らせていただきますね」

「……いや、待て」

「は？」

そそくさと城門を通り抜けようとしたアイゼンの前に兵士が立ち塞がる。

「どうして邪魔を？　何かお疑いですか」

わずかに低くなったアイゼンの声音に、プラティナは小さく息を呑む。

めったにないことだが、たちが悪い兵士だと正規の許可証を持っていても袖の下を強要し、難癖をつけて通行を邪魔してくると先ほどアイゼンから教えられたばかりだった。

まさか最初でそれに当たってしまったのだろうか。

（どうしましょう……やはり本当のことを言うべきでは？）

アイゼン曰く、巡礼者は無条件に城門をくぐれるという決まりがあるらしい。一度嘘をついてしまった身だが、ローブの下にある祭服を見せれば納得してもらえるのではないだろうか。

「薬を売って欲しい」

「……は？」

兵士がかすれた声で呟いた言葉に、アイゼンが間の抜けた返事を零す。プラティナもまた、驚いた顔で兵士を見つめた。

先ほどまで険しい表情だった兵士は、まるで何かを恥じるように目を背けている。

「実は、昨日から腹の調子が悪い。この城門に詰めている兵士全員だ。おそらくは昨日の食事に当たったんだろうが、薬の蓄えもろくになくてな。医者を呼ぼうにも、まともに動けるのは俺だけなんだ」

そこまで一息に語った兵士は、はぁ、と熱っぽい息を吐き出した。

確かに最初からずいぶんと顔色が悪いとは思っていた。胡乱な表情も、つっけんどんな態度も体調不良から来るものならば納得だ。

「実は立っているのもやっとなんだ。金は出す。薬をくれないか」

壁に寄り掛かりながら苦しそうに呟く兵士に、アイゼンとプラティナは顔を見合わせる。

「……少し待て」

アイゼンはそう言うとプラティナに顔を寄せて小声で話しかけてきた。

「どうする。薬師を名乗るために多少の薬はあるが、渡してしまうか？　だが、数が足りないかもしれない」

「うーん……」

プラティナは兵士の方に視線を向ける。

額には脂汗が滲んでおり、本当に具合が悪そうだ。

「よし。私がなんとかしましょう」

「は？」

「あの、台所はありますか？」

言いながらプラティナは兵士の方に近づく。

「台所？」

「ええ。薬を作らせてください」

突然喋りかけてきたプラティナにぎょっとした兵士だったが、本当に辛いのだろう。震える指で門の横にある小さな扉を指さし、その奥だと教えてくれた。

「アイゼン様、手伝ってください」

「お、おい」

戸惑うアイゼンを連れ、プラティナは扉の中に入っていく。

中は大きなテーブルに椅子、簡素な台所がある部屋になっていた。兵士たちの休憩兼食堂なのだろう。流しには洗われていない皿やスプーンと大きな鍋が置かれている。

つん、と鼻を刺す刺激臭にこれが彼らの腹痛の原因なのだとすぐにわかった。おそらくは食材が傷んでいたか、毒性のあるものが紛れていたのだろう。

これはやりがいがありそうだとプラティナはローブを脱いで腕まくりをする。

「アイゼン様。私は皿や鍋を洗いますので、荷物の中にある薬をそのテーブルの上に並べていただけますか？」

「え？　あ、ああ」

「それと、水をくんできてください。たぶん足りないと思うので」

戸惑いながらもアイゼンは大人しく指示に従い動き出す。

プラティナはテキパキと流しを片付け、アイゼンがくんできた水を大鍋いっぱいに溜めるとかまどに火をつける。

「手慣れたものだな」

「神殿では炊き出しもやっていましたから」

「ふうん」

神殿では年に数回、恵まれない人々への配食が行われていた。プラティナはその準備の手伝いとして台所に立つこともあった。かまどに火をくべ、野菜を使ったスープを作った懐かしい記憶に、知らず口角が上がる。

「よし、お湯が沸いた……あとはこの薬を、と」

用意されていた薬の中から、解毒薬と鎮痛剤を一人分だけ手に取ると、プラティナはためらいなくそれを鍋の中に放り込んだ。ぐつぐつと煮えたぎるお湯にうっすらと色がつく。

「お、おい!?」

ぎょっとしたアイゼンが鍋をのぞき込む。

「君、常識がないにもほどがあるだろう。薄めたら効果はなくなるんだぞ!!」

「わかってますよ。安心してください、これからですから」

プラティナはそっと鍋に手をかざし、聖なる力を薬が溶け出した鍋へと注ぎ込んだ。

すると最初は薄かった色味がどんどん濃くなり、鍋からは薬剤特有の匂いが漂ってくる。

「なっ……！」

「神殿ではよくこうやって薬を増やしていたんです」

傷薬や解毒薬など、医者に頼るまでもない病の薬を神殿でも作っていたのだ。ほとんど義務のように、神官や女官たちは暇を見つけてはせっせと薬を作っていた。

もちろん聖女とてその義務からは逃げられず、プラティナも暇を見つけては薬作りをしていた。

本来はきちんと材料を揃え一つ一つ製造するものなのだろうが、プラティナは自分の聖なる力が薬剤の効果を強力にすることを知ってからは、時間を短縮するためによくこうやって一気に大量に作っていたのだ。

「さあ、彼らに飲ませてあげましょう」

にっこりと微笑めば、アイゼンは何故か頬を引きつらせている。

「おいおい……君、そんなことまでできるのか？」

「えっと……何かおかしいですかね」

「おかしいというか……くそ、まあいい。とにかくさっさと配るぞ」

「はい！」

元気よく返事をしたプラティナはまず先ほどの兵士に薬を届けた。

最初は疑いの眼差《まなざ》しで差し出された薬を見ていた兵士だったが、背に腹はかえられないと思ったのかそれを一気に飲み干す。

「……あれ？　なんだこれ」

土気色だった顔色が見る間に血色を取り戻し、瞳に生気が宿る。

「凄い！　なんて効き目なんだ!!」

「よかったです」

「あんたの師匠は凄いな！　他の連中にも早く飲ませてやらなくては」

ぴょんぴょんと跳ねながら嬉しそうに話す兵士にプラティナもつられて微笑みを浮かべる。

「他の方にはアイゼン様が薬を配っているかと思います」

「そうか!!　ああ、助かったよお嬢ちゃん」

最初の態度が嘘のように兵士の態度は朗らかだ。

それから薬を配り終わったらしいアイゼンと共に城門の中からはぞろぞろと数名の兵士たちが出てきた。

皆、薬の効果で無事に回復したらしい。

「いやぁ。一時はどうなることかと思ったが、君たちのおかげで助かったよ。感謝する」

兵士たちは代わる代わる頭を下げて感謝を示してくれた。

薬は鍋の半分ほど残っているので、今後に備えて保存しておくようにとアイゼンが薬師のふりをして説明してくれた。

兵士たちは神妙な顔で頷いて、再び頭を下げる。

「最初は酷い態度を取ってすまなかった。あんたは間違いなく凄腕の薬師殿だ」

「お嬢さんがあまりに可愛らしいから、てっきり恋人との逃避行かと思ったが人は見かけによらないな」

うんうんと勝手に納得したように頷き合う兵士たちに、プラティナは小さく悲鳴を上げる。

とんでもない勘違いに顔が熱くなった。

咄嗟にアイゼンを見れば、彼は何故か表情をなくして立ち尽くしていた。これはいけないとプラティナは慌てて頭を振りながら声を上げる。

「そんな、私がこの方の恋人だなんて恐れ多いことです！」

兵士たちから笑い声が上がった。

朗らかな空気にプラティナは心が温かくなるのを感じる。

(いい人たちね)

薬自体は特別なものではないのだが、早く良くなりたいという気持ちや、薬師が作った特製の薬だという思い込みが暗示を生んだのだろう。

神殿に薬を買い求めに来る人たちも、聖女が作った薬はよく効くと大喜びしていた記憶がよみがえる。

(皆さん、元気にしているかしら)

苦しいことも多かった聖女の日々にも、小さな幸せはいくつかあった。

特に神殿にやってくる信徒の人たちは聖女プラティナに信頼を寄せてくれていたように思う。プラティナへの冷遇がバレるのを恐れていたから、直接話す機会にはほとんど恵まれなかったが、それでもわずかな繋がりは感じていたのに。

（もう、会えないのよね）

余命わずかである自分はこの旅を最後までやり遂げることはできないだろう。

彼らに別れを告げられなかったことが今更ながらに胸を刺し、プラティナは少しだけ悲しい気持ちになった。

「薬師殿」

最初に話をした兵士が近づいてくる。

差し出されたのは小さな袋だった。

「薬の代金だ。これで足りるだろうか」

アイビンはそれを受け取ると中身を確認し、神妙な顔で小さく頷く。

「十分すぎるほどです。皆さんが回復して安心しました」

「いや本当に助かったよ。いい時に薬師が来てくれたもんだ。あんたたちの旅の安全を祈ってるよ」

「感謝します」

「お嬢さんも気をつけて」

「はい！」

偶然の人助けだったが、やはり誰かのためになにかをするのは心地いいものだとプラティナは微笑む。

この旅は思ったよりも良いものになりそうだと考えていると、兵士の一人が一歩前に出てきた。

「君たちは今からどこに行くんだ？」

「え？」

「もしこの先の街に立ち寄るなら、俺の知り合いがやってる宿屋がある。紹介状があるから、そこを使うといい」

「まぁ」

「それは助かる」

「ああ、まかせとけ！」

そうしてプラティナたちは兵士たちに見送られながら、無事に城門を抜けることができた。

いつかまたと手を振ってくれる彼らの姿に少しのさみしさを感じながら、プラティナは何度も頭を下げた。


「しかし思わぬ収入だったな。これで旅の準備ができる」

兵士たちから受け取った小袋を手のひらで弄《もてあそ》びながら、アイゼンがにんまりとしていた。

「なんだか申し訳ないです。薬を増やしただけなのに」

「……君、何でもないことのように言うが、薬を増やすなんてこと普通はできないんだぞ」

「え？　そうなんですか？」

「とにかく、この先では不用意にあの方法は使うな。騒ぎになる」

真剣な顔をしたアイゼンにプラティナは目を丸くする。

薬を増やすのはこれまで何度もしていたことだ。他の神官たちも何も言わなかったのに。

神殿と市井では常識が違うのかもしれないなどと考えながら素直に頷けば、アイゼンはようやく表情を緩めた。

「ところで、身体は大丈夫か？　熱や痛みは？」

「いえ。今のところは大丈夫ですね……でも、少し疲れました」

外の世界に出られた緊張と興奮が勝っているのか、まだ不調は感じていない。だが、地面を長く歩くという不慣れな行為のせいか、先ほどから膝の下が少し痺れたような感覚があった。

「そうか。休ませてやりたいところだが、あまり遅くなると獣が出るかもしれない。あの街までがんばってくれ」

アイゼンが指さす方向を見れば、小さな街が見えた。

歩いてどれほどかかるかはわからなかったが、目的地が見えたことで少しだけ気分が楽になった気がする。

「はい、がんばります！」

そう元気よく返事をしたものの、ようやく街に着いた時にはプラティナは這々《ほうほう》の体《てい》だった。

アイゼンに支えられながら宿屋に入り、用意された部屋の寝台が見えた瞬間、安心したのか全身から力が抜けた。

重たくなる瞼に逆らえず夢の中に落ちていく瞬間、焦ったようなアイゼンの声が聞こえた気がしたが、プラティナは返事ができなかった。

＊＊＊

「……はっ！」

パチンと泡がはじけるように意識が覚醒し、プラティナは目を開けた。

明るい室内をぐるりと見回すが、見覚えは一切ない。ここはどこだろうと困惑しながら記憶をたぐれば、ようやく昨日の出来事がよみがえってくる。

(そうだった。巡礼の旅に出たんだったわ)

宿屋の部屋に入った途端、気を失うように眠ってしまった自分の失態を思い出しプラティナは顔を赤くする。着の身着のまま、しかも男性の前で寝てしまうなんて。

身体のあちこちが痛いし、頭が重い。昨日は気が張っていたため気がつかなかったが、やはり無理がたたったらしい。

虚弱な自分の身体が情けなくうなだれていると、控えめなノック音が聞こえた。

「はい」

慌てて返事をすれば、扉が開きアイゼンが部屋の中に入ってきた。

その手には食事らしきものが載ったトレイがあり、漂う美味しそうな香りにプラティナのお腹が

「くぅ」と子犬のような返事をしてしまう。

「はう！」

恥ずかしさに顔を覆えば、アイゼンがくっくっと笑ったのが聞こえてきた。

アイゼンが笑ったという驚きと羞恥にプラティナが混乱している間に、彼はテキパキと小さなテーブルを寝台の横に運び食事が載ったトレイと水を用意してくれる。

「昨日は夕食もとらずに寝ていたからな。とりあえず、先に水を飲め」

「……はい」

まるで子ども扱いだと少し拗《す》ねた気持ちになりながらも、プラティナは差し出されたコップを素直に受け取った。

「身体はどうだ？　熱は？」

「……少し痛みますが動けないほどではないです。熱はたぶんないと思いますけど……」

自分で自分の額に触れてみるが、どうもよくわからない。

だが不思議なことに、余命わずかと神殿で診断された時に比べると少しだけ肩が軽いような気がするのだ。聖女という役目から解放されたからかもしれないとプラティナはぼんやりと考える。

「そうか。辛い時はすぐに言ってくれ」

「はい」

「大事をとって、数日はこの街で過ごそう。幸いなことに城門でもらった金があるし、宿屋も代金を負けてくれるらしい」

この宿屋はあの城門にいた兵士の身内が経営しているものらしい。身内が世話になったからと、宿代を安くしてくれたそうなのだ。

その気遣いは嬉しかったが、プラティナはアイゼンの数日という言葉に眉尻を下げる。

「アイゼン様。私は大丈夫ですから、早く旅に出ましょう」

でなければこの身体の寿命はすぐに尽きてしまうかもしれない。はやる気持ちが焦りを生み、プラティナの胸を締め付けた。

「落ち着け。気持ちはわかるが、今無理をすれば先に進めない。それに、昨日も言ったが今の装備では旅など無理だ。この街でいろいろ買い揃える必要もある。とにかく今日は休むんだ。いいな」

強い口調で言われ、プラティナはしょんぼりと肩を落とす。

せっかく旅に出られたのに、早々に躓《つまず》いてしまった、と。

「……とにかく食事をしろ。食べられないものは？」

先ほど持ってきたトレイには、ふかふかのパンにハムや野菜が挟まったものと、まだ湯気を立てているスープが載せられていた。美味しそうな香りに忘れていた空腹感が暴れ出し、プラティナはごくりと喉を鳴らす。

「何でも食べられます」

「じゃあ、まずはスープからだな。やけどするなよ」

差し出されたスプーンを手に取り、プラティナはスープを口に含んだ。

「……美味しい!!」

口の中に広がる甘美な味わいにプラティナは目を見開く。

「そうか」

「凄いですね！　味がついている上に、お肉まで入ってますよ!!」

「……は？」

「うわ～お野菜もこんなに大きい！　美味しいですねぇ!!」

感激してはしゃぎながらプラティナがスプーンを動かしていると、アイゼンが信じられないものを見る顔でその姿を凝視してくる。

最初はスープに夢中だったプラティナだったが、だんだんとその視線にいたたまれなくなる。

「……あの？」

何か粗相をしたのだろうかとプラティナが声をかければ、アイゼンはどうしたことか怒ったように目を細めていた。

「教えて欲しいんだが、君は神殿でどんな食事をしていたんだ」

「え？　ええっと……パンとスープがほとんどですね」

「どんなパンだ」

「真っ黒で硬いパンです。水と一緒じゃないと飲み込めないようなガリガリッとしたやつですね。時々、レーズン入りのがあってそれは甘くて美味しかったです。また食べたいですねぇ」

「……スープは」

「野菜の切れ端を水で煮たスープです。だから、こんな風に味があるスープは本当に久しぶりですね。信徒への炊き出しで、余っているものを頂く時しか食べられなかったので。ああ、本当に美味しい」

五臓六腑にしみわたるとはこのことだと思いながら、プラティナは一心にスプーンを動かす。よく煮込まれたお肉は口の中でほろりと崩れ、ほっぺたが落ちそうになるほどの旨みを感じさせてくれる。

「このパンも食え」

「え、いいんですか？」

「全部君のだから。とにかく食え」

「わーい」

素直に喜んで差し出されたパンにかぶりつく。フワフワとした生地は顎に力を込めなくても嚙めたし、中に挟まっている野菜は新鮮でみずみずしくハムの塩味は絶妙で舌が痺れるほどに美味しかった。

「幸せ……！」

頬いっぱいの食事を味わいながら、プラティナは早くも旅に出られたことに感謝していた。

神殿ではいつも粗末な食事だったたし、塔に閉じ込められていた間に運ばれてきていた食事も似たようなものだった。

こんな風に温かさや味を感じる料理はいつ以来だろう。

「……ゆっくり食え。俺はちょっと出てくる」

を続けたのだった。


「はい！」

おもむろに立ち上がったアイゼンが部屋を出ていくのを見送りながら、プラティナは笑顔で食事を続けたのだった。


「っ……!!」

廊下の壁に無言で拳を打ち付け、アイゼンは一人声を殺して悶《もだ》えていた。

目に浮かぶのは何でもない普通の料理を嬉しそうに食べるプラティナの姿だ。

小さな口で頬いっぱいの食べものを噛む姿は小動物を連想させる。

（なんなんだあの生き物は……！）

城門に着くまでは平気そうだったが、やはり身体に無理が来ていたらしい。

昨日、街に辿り着いた時点でプラティナは限界だったのだろう。足下がおぼつかない姿に嫌な予感を覚え、とるものもとりあえず宿屋に駆け込んだのは正解だった。

部屋に着いた途端、目の前で気を失われた時はさすがのアイゼンも死ぬほど動揺した。

眠っているだけだとわかった時は脱力するほど安心したし、ベッドに寝かせるために抱えあげた身体の軽さと頼りなさに胸が締め付けられてしまった記憶はまだ心に焼き付いている。

体力のなさを考慮せず歩かせてしまった後悔で自分を殴りつけたくなった。

（とにかく医者に診せる必要があるな）

目覚めたプラティナは思いのほか元気そうだった。食事姿から察するに食欲の減退などは見られない。疲れているのは伝わってきたが、病人特有の存在の希薄さもないので、すぐに命に関わるような病ではないことは確かだ。

だが、人の命は簡単に失われてしまう。

アイゼンはそれをよく知っていた。

（くそ……）

思い出したくもないことが浮かんできて、アイゼンは舌打ちをする。

駆け出しの冒険者だったアイゼンには家族にも等しい仲間がいた。寝食を共にし、苦楽を分かち合った、かけがえのない存在。

でも彼らはもう傍にはいない。会うこともできない。

この世界のどこにもいないのだと考えるだけで、今でも胸が潰れそうなほど苦しくなる。

だから二度と特定の仲間は作らないと決めた。別れの辛さを知っているから。

冒険者として仕事をするため、パーティに参加することもあったが、基本的には短い間だけにしている。情が移る前に別れれば、たとえどこかで死んだという噂を聞いてもそこまで悲しくはない。

『私、余命わずかなんですって』

何でもないことのように微笑んだプラティナの顔を思い出すと、苛立ちと共に黒く重たいものが腹の中で渦巻きはじめる。

どうしてそう簡単に命を諦められるのだろうか。

（そう簡単に死なせるかよ）

巡り会ったのは偶然だ。旅に同行するなんてらしくもない選択をしてしまったのも、ほんの気まぐれだろう。

だが一緒にいると決めた以上、自分の傍で死なせるつもりはない。

（とにかく彼女の回復が最優先だ）

食事をとったあとはまたしばらく寝かせる必要があるだろう。その間に街を回って買い物を済ませておこうと算段する。

（目が覚めたら食べられるものを買っておくか。携帯食もなるべく軟らかくて栄養があるものがいい。肉は狩ればいいとして、調味料も必要だな）

あれこれとプラティナのための旅支度を考えていると、先ほどまで感じていた苛立ちが消えていく。自分の変化の理由がわからず、アイゼンは小さく首をひねりながらも、そろそろ食事を終えたであろうプラティナの様子を見るために再び扉を叩いたのだった。

＊　＊　＊

結局、アイゼンの指示通り一日ゆっくり休んだプラティナは翌日にはずいぶん元気になっていた。朝食だけではなく、昼食やおやつ、夕食までベッドでとるという贅沢な時間を過ごしたことに少しの罪悪感を抱いていたりする。

（でも、全部美味しかったなぁ）

昼食はチーズがたっぷりと使われたリゾットだった。アイゼン曰く、身体が疲れている時は固形物よりも消化の良い火が通った料理が身体に良いのだとか。事実、一口食べるごとに全身がほかほかと温まり幸せな気分になった。

おやつは見たこともない白い砂糖菓子で、口の中でほろりと崩れた。甘美な味わいに思わず頬を押さえてしまったほどだ。

夕食として届けられたのは、新鮮な野菜がたくさん使われたパスタだった。リボンのような形をしたパスタはこの街の特産品らしく、とても軟らかく茹でてあるため食べやすく、プラティナはペロリと平らげてしまったのだった。

（三食しっかり食べるのが久しぶりだったから調子に乗っちゃった）

不意に、そのことを正直に伝えた時のアイゼンの顔を思い出し、プラティナは小さく笑う。

見たことのない生き物を発見したような驚愕の表情で見つめられ、少々恥ずかしかった。

出会った時は無愛想で怖い顔しか見せてくれなかった彼だが、街に着いてからは急に態度が変わったように思う。

あれこれと世話を焼いてくれようとするし、暇さえあれば「腹は空いていないか」と聞いてくれる。

きっと、街に着いた途端、倒れるように眠ってしまったことや痩せっぽちなのを気にしてくれているのだろう。

優しい人だなぁとプラティナはアイゼンへの感謝で胸をいっぱいにする。

（迷惑をかけないようにしないと）

前回のように急に倒れないようにするために自分の身体をよく把握しようとプラティナは意気込む。

「準備はできたか？」

ノック音と共に呼びかけられ、プラティナは「はい」と元気よく答えた。

祭服の上からしっかりとローブを着て部屋を出ると、騎士姿ではなく軽装に着替えたアイゼンが立っていた。

騎士姿の時は雄々しい印象が先に立っていたが、シンプルな軽装に身を包んでいるとその顔立ちの美しさが際立っていた。黒を基調にした服はおそらくは旅人向けの服なのだろうが、身体を鍛えているアイゼンが着ていると高級感さえ醸し出されているから不思議だ。

目を瞬きながらうっかり見惚れていると、ふっと視線を逸らされてしまう。

「……あのままでは目立つからな」

「なるほど！」

確かに、とプラティナは素直に頷く。

騎士姿で街をうろつけば確かに人の目に付きやすいだろう。

「今日は買い物に行くんですよね」

「ああ。昨日のうちに注文しておいた品を受け取りに行くのと、君の着替えを買いに行こう」

「はい」

「その前に朝食だ。今日は食堂に用意してもらっている」

「はい！」

食事という言葉に現金な胃袋が歓喜するのを感じながらプラティナはアイゼンに促され部屋を出た。


「今朝の食事も美味しかったですねアイゼン様。本当に良い宿屋を紹介してもらいました」

「そうだな……」

宿を出て商店が立ち並ぶ道を歩きながらプラティナは感動に身を震わせる。

朝食に出されたのは軟らかなパンの上に目玉焼きが載ったものだった。しかも目玉焼きの下にはカリカリに焼いた薄いお肉がくっついていたのだ。あまりの美味しさにプラティナはこれを作ってくれた食堂の主《あるじ》に心からの賛辞を述べたのだった。

そんなプラティナを見つめるアイゼンの視線にはどこか憐憫《れんびん》が交じっているような気がしたが、きっと身体の弱い自分を案じてくれているのだろうと思うことにした。

「まずは君の服を買いに行こう。靴も必要だからな」

「ああ、そうですね」

視線を落とし自分の足下を見たプラティナは苦笑いを浮かべる。神殿時代から履きっぱなしの革靴の底は薄くなっているし、なんと言ってもみすぼらしい。

「聖地への道のりには馬が歩けない場所もあるという。なるべく頑丈で軽い靴を買おう」

そうしてアイゼンに連れてこられたのは小さな商店だった。店の前にはいくつかの服が飾られており、靴や鞄なども取り扱っているようだった。雰囲気から旅人向けの商品が多いようで、店内にも旅慣れた様子の客が多い。

入店すれば店の奥から好々爺《こうこうや》という雰囲気の男性が出てきた。どうやらこの店の店主のようだ。

「いらっしゃいませ。ああ、昨日の」

「昨日は世話になった。店主、頼んでいたものは？」

「はい、届いていますよ」

アイゼンは勝手知ったる様子で店主と会話しはじめる。どうやら昨日のうちに一度来店していたらしい。今着ている服もここで買ったのだろうかとプラティナはキョロキョロと店内を見回した。

「君の服はこっちだ」

呼ばれて駆け寄れば、店の奥に女性ものの服がずらりと並んでいた。落ち着いた色合いのシンプルかつ動きやすそうな服が並んでいる。

「この中からいくつか服を選んでくれ」

「一枚じゃ駄目なんですか？」

「旅が続けば着替えが必要になることもある。女性向けの旅服を扱っている店はないから、ここで揃えておきたい」

「わかりました」

「店主、あと彼女の靴も頼む」

テキパキとした指示に従い、プラティナは服の中から明るい緑と臙脂色《えんじいろ》の服を選んだ。どちらも手触りがよく仕立てがよく見えたからだ。

その選択にアイゼンは一瞬だけ口元を緩めると、残っている服の中から水色の服も選び出した。どうやらそれも買うことになるらしい。

「こちらの靴など如何《いかが》でしょう」

そうこうしている間に店主が靴を持ってきてくれた。善し悪しがよくわからないプラティナに代わりアイゼンが靴底の厚さや重さなどを確かめて選んでくれる。

まるで着せ替え人形のようだと思いながらも、悪い気はせずプラティナは大人しくアイゼンの選択に従ったのだった。

そのほかにも店主のすすめでいろいろなものを買い求めた。

いつの間にか結構な大荷物になってしまい、これを抱えて旅に行くのかと不安に思っていると、店主が奥からなにやら背負い袋を抱えてやってきた。

「こちらがご注文頂いていた収納袋です。ご確認ください」

「ああ、よくこの短い間に見つけてくれたな」

収納袋とは何だろうとプラティナも近寄ってその背負い袋を見たが、普通の袋にしか見えない。

不思議に思って首を傾げていれば、それに気がついたアイゼンが苦笑いを浮かべる。

「これは魔法収納袋だ。魔術式が縫い込まれているので、見た目の十倍以上の荷物が入るし重さを感じない。旅には必須の道具だ」

「そんな便利なものがあるんですね」

驚きに目を丸くすれば、店主が微笑ましそうな視線を向けてきた。

「どんな旅人も魔法収納袋は持っていますよ。貴重品などを入れて懐に忍ばせておくのです。このサイズのものは少し珍しいかもしれませんね」

「へぇ」

しげしげと観察してみるが、見れば見るほど普通の袋にしか見えない。

外の世界にはいろいろなものがあるのだなぁとプラティナは感心したように頷くばかりだ。

「買ったものをこの袋に入れてくれ。代金はこれで足りるか」

アイゼンが店主に渡したのは、城門で受け取った小袋全部だった。店主は中身を確認すると満足げに頷く。どうやら話はついたようでプラティナはほっと息を吐いた。

（アイゼン様がいてくれて助かったわ。私では到底こんな準備はできなかっただろうから）

宿のことや旅支度はもちろん、こんな便利な道具があることも知らなかった。旅がしたいなどと願った自分の未熟さが少しだけ恥ずかしくなった。

「いい買い物ができた。助かったぞ」

「とんでもございません。こちらこそ、このような可愛い奥様の旅支度を手伝えて楽しかったです」

「⁉」

店主の言葉にプラティナとアイゼンは揃って動きを止めた。

「ち、違います！」

「そうだ！　彼女は俺の助手だ!!」

「そうです！」

二人して慌てて否定すれば、店主は意外そうに目を丸くしてアイゼンへと視線を向けた。それから何故か「ははあ」と訳知り顔になって大きく頷く。

「さようでございましたか。それは大変失礼致しました」

深々と頭を下げる店主にそれ以上に何かを言えるわけもなく、プラティナは恥ずかしさで赤くなった顔を両手で包むようにして隠した。

（恥ずかしい。アイゼン様に申し訳ないわ）

城門の時に続き、とんだ勘違いをさせてしまったとプラティナは穴があったら入りたい気分だった。

ちらりと指の隙間から隣のアイゼンを盗み見るが、彼もまた手のひらで顔を覆っているため表情は読めない。

こんなみすぼらしい死にかけの小娘と夫婦に間違われてきっと落ち込んでいるのだろう。

（これからは気を引き締めなくては）

あまり馴れ馴れしくならないように適切な距離を学ばなくてはとプラティナは決意を新したのだった。

店で買ったものを魔法収納袋に詰め込み、店を出る。

次の目的地までの道中、プラティナはアイゼンとの距離をどこまで詰めていいのか測りかねて、結局三歩後ろを歩くことにした。

チラリと見上げた背中は大きくて頼もしい。彼が旅の従者でいてくれることは嬉しいが、先ほどのような勘違いが度々起こったのでは身が持たない。

(どうすればもっと薬師と弟子らしく見えるかしら?)

腕を組んで、プラティナはうーんと小首を傾げた。

神殿では上級中級下級と神官の位が分かれており、明確な上下関係があった。服装も違うため、仕組みを知らない人から見ても立場の違いが一目瞭然。

アイゼンとプラティナの間にもそういった目に見えてわかる階級章のようなものがあればいいのではないだろうか。

(何か弟子と師らしいと見た目でわかるもの……)

ぼんやりとそう思いながら周囲に視線を巡らせてみると、周りの人たちは様々な格好をしていることがわかった。老若男女、様々な形をした色とりどりの服を着ている。

神殿ではみんな決められた衣装を着ていたし、王城に仕える人たちも制服があった。

誰もが自由な服を着ているという光景に、今更だが本当に外の世界に出たのだなとプラティナは目の前が開けた気がする。

歩く人々の関係性も様々なように見えた。性別や年齢の組み合わせも多種多様で、一見しただけではどんな仲なのかはよくわからない。

「どうした？」

「いえ……その、皆さん楽しそうだなと」

「は？」

プラティナの視線を追ったアイゼンが不可解そうな顔をする。

「私がいた場所は階級や上下関係がはっきりしていました。あんな風に性別や年齢、種族を問わない姿というのはとても珍しいんです」

「なるほどな。それで熱心に人混みを見ていたのか」

「はい。あと、私とアイゼン様の関係がはっきりわかる何かがあればいいかと思ったんですが、なかなか参考になるようなものはないですよね。いっそ、私が首輪でもつけましょうか」

神殿で飼われていた動物にはみな首輪がつけられていた。いっそ自分も首輪をつければ、アイゼンの所有物扱いしてもらえるかもしれないと考え口にすれば、ごふっとアイゼンが思い切りむせた。

驚いて顔を上げれば、アイゼンはまた顔を手のひらで覆っている。

もしかして怒らせたのかと青ざめていると、はーっと長いため息が聞こえてきた。

「君。そういうことは二度と言わないように」

「そういうこと……？」

「首輪をつけるとかそういうことだ。妙な輩《やから》に聞かれたら変な勘違いをされる」

「駄目なんですか？」

「駄目だ」

「そうですか……」

せっかくいい案だと思ったのに。なかなかうまくいかないものだとプラティナがうなだれれば、アイゼンが疲れたように肩を落とす。

「俺たちの関係は聞かれた時だけ答えればいい。男女が一緒に歩いているというだけで勘違いするやつはどこにでもいるんだ。いちいち気にしていたら持たないぞ」

「でも、アイゼン様に失礼かなって……」

「俺に？」

「私のようなみすぼらしい小娘と夫婦だなんて思われたくないでしょう？」

「……」

黙り込んだアイゼンの表情は完全な無だった。どうやらよっぽど嫌なのだろうと判断し、やはり早々にどうにかする必要があるなとプラティナは密かに決意を新たにした。

「次はどこの店に行くんです？」

「食料と調味料を売ってる店だな。野宿をする機会もあるだろうから、道具も揃えておきたい」

「お金、足りますか？」

「まだ少し余裕はあるから心配するな。いざとなれば、ギルドで何かしら依頼を受けて稼ぐだけだ」

「ギルド」

驚きのあまりアイゼンが口にした単語を反芻すれば、彼は足を止めて胡乱な目線を向けてきた。

「まさか君、ギルドのことを知らないのか」

「さすがに知ってます。でも王都にあるギルドしか知らなかったので、この街にもあるとは思わなくて」

ギルドとは特定の国に属さない特殊技能を持った人たちが作った組織だ。冒険者と呼ばれる腕前に自信がある人たちへの様々な依頼を斡旋《あっせん》している。

プラティナが神殿で作った薬の一部はギルドにも納められていたため、多少の情報は耳にしたことがあった。

確か、神殿に入れられたばかりの頃に、ギルドに属する冒険者が死にかけているからと聖女の力で治癒をしたこともあった。

「この規模の街ならばだいたいギルドは存在している。あそこは情報交換拠点も兼ねているからな」

「なるほど。もしかしてアイゼン様も冒険者だったんですか？」

「一応な。騎士として登録していた」

「そうだったんですか」

「近衛騎士になった時点で情報は抹消されているだろうがな。特定の国に属した人間はギルドでは働けない」

その言葉にプラティナはしゅんと眉尻を下げる。

「本当にその件ではお詫びの言葉もありません」

メディが無理矢理アイゼンを近衛騎士になどしなかったら、彼は今でも自由に冒険者稼業をしていたのだろう。

「前にも言ったが君が謝る必要はない。あの剣技大会に参加したのは俺の意思だ。その裏にある目的を見抜けなかった俺にも油断があっただけだ。気にするな」

気にするなと言われても気になる。呪いを解いたことで多少は償いになっただろうかと思っているが、結局今はプラティナの都合に付き合ってもらっている状態だ。

とにかく早く旅に慣れなければ。うっかりすれば余計なことを考えてしまいそうになるのをなんとか振り払いながらプラティナは前を向く。

それからしばらくアイゼンと並んで歩き、着いたのは街外れにある小さな店だった。周囲は閑散としており、本当にここで食料が買えるのかと不安になる。

「アイゼン様、本当にここなんですか?」

「ああ。宿屋の主人に聞いたんだが……おい、誰かいるか!」

閉まったままの扉をアイゼンが叩けば、店の奥から「開いてるよ!」と乱暴な声が聞こえた。

顔を見合わせてから、そっと扉を開けると、店の中は外観からは想像できないほど整然としていた。棚には瓶や袋に詰まった様々なものが並んでいる。

明るく清潔な店内を見回しながら入店すれば、店の奥から再び声が聞こえた。

「いらっしゃい。よくこの店がわかったね」

店の奥にある椅子に髪の長い女性が座っていた。手には何やら大きな本を持っている。勝ち気そうな瞳がアイゼンとプラティナを順番に見つめてから人好きのする笑みを浮かべる。

どうやら彼女がこの店の店主らしい。

「泊まってる宿屋の主人に聞いた。旅に出るので食料を買いたい。できれば調味料と道具もだ」

「まいどあり。食材はどれくらい必要だい？」

「二人分で十日間といったところだ。なるべく軟らかく味がいいものを頼む」

「贅沢なお客さんだね」

豪快に笑いながら立ち上がった女性はアイゼンと変わらぬほど長身で、プラティナは思わず目を丸くする。こんなに背の高い女性ははじめてだった。

「おや、可愛いお嬢さんだね」

「こ、こんにちは！　私はプラティナと申します。く、薬師の助手です！」

深々と頭を下げれば、今度は女性が目を丸くした。それから声を上げて朗らかに笑った。

「ずいぶんと礼儀正しいね。アタシはベラだ。この店では旅に向く保存食を扱ってるのさ」

「保存食ですか」

「ああ。この街は城門に近いこともあって旅人が多くてね。生の食材だと持ち歩くのは重いし、傷んでしまうだろう？　だから魔法で乾燥させたり形状を固定させたりした食料が必要なのさ」

「へぇ」

ここに置いてあるものがそうなのかとプラティナが目を輝かせると、ベラは優しく微笑んだ。

「お嬢さんは保存食を見るのがはじめてかい？」

「はい。魔法で固定させてあるんですね」

「そうだよ。基本的には包みから出せば食べられるようになる。水を入れて煮込めばスープになるタイプもあるんだよ」

手慣れた様子でベラが棚からいくつかの商品を取り出し並べてくれた。

アイゼンはそれを一つ一つ吟味しながら、数を伝えていく。

それをじっと眺めながら、プラティナはそれぞれどんな味がするのだろうと勝手にワクワクしていた。

「こんなところだろうね。ああ、そうだ水もいるだろう。何本ほど必要だい」

「水？」

ベラの言葉にアイゼンが眉根を寄せる。

「この街では水を買わせるのか？」

その言葉にベラもまた表情を険しくした。

急に場の空気が悪くなったことに、プラティナは困惑しながら二人を見比べる。

「……あんたたち、どっから来たんだい」

「王都の方からだ。二日前に城門を抜けてこの街に来た」

「ああ、だからか」

はぁと疲れたようにベラがため息を零す。

「だったらなおのこと水を買っていきな。この先しばらく必要になるよ」

「どういうことだ」

「王都の人たちは知らないだろうが、数週間前から街の向こうから流れてくる水質が悪化してるんだよ。井戸で水を汲んでも浄化魔法をかけないと病気になっちまうほどにね」

「病気って、どんな？」

「腹を下してまともに動けなくなるのさ」

どこかで聞いたような症状にプラティナはアイゼンを見た。

彼もまた城門の兵士たちを思い出したのか真剣な顔でベラの話を聞いている。

「最初は街外れだけだったんだが、ここ最近じゃ街全体の水がそうだ。だから街のみんなは高い金を払って井戸に浄化魔法をかけてもらうか、こうやって水を買ってるんだよ」

そう言ってベラが取り出したのは一本の瓶だった。瓶自体にびっしりと魔法文字が刻まれている。

「それは？」

「収納袋の瓶版だ。見た目は小さいが、大瓶一本分の水が入ってる」

「そう。これ一本でそこにある食料が全部買える金額だよ」

「！」

「このままじゃそのうち王都まで影響が及ぶんじゃないかね。街のお偉いさんやギルドの連中がやっきになって調査してるが原因は不明だそうだ」

困ったもんだよと肩をすくめるベラに、プラティナとアイゼンは顔を見合わせるしかなかった。

結局、ベラの店では食料だけを買って二人は宿屋に戻った。

宿屋の主人に話を聞けば水質汚染の話は本当らしい。

幸いなことに、この宿の井戸は以前から強力な浄化魔法をかけてあるので安全なのだそうだ。

水の販売価格は日に日に高騰しているらしく、ある程度のお金がある人たちは飲み物を確保できるが、お金がない人たちは具合が悪くなる覚悟で水を飲んでいるのだとか。

食堂でテーブルを囲みながら夕食が運ばれてくるのを待つ二人の空気は重い。

コップに注がれた水を見つめるプラティナの顔は真っ青だった。

「アイゼン様。城門の兵士たちが体調を悪くしたのって」

「ああ。おそらくこの水質異常の影響があの城門辺りまで及んだんだろう」

「それって凄い大変なことなんじゃ」

「ああ。水の汚染は飲料水だけではなく農産物の育成にも関わる。ことが城門まで及んだとなれば、王都にまで影響が及ぶのは時間の問題だろう」

想像するだけで怖くなる話だ。

よい思い出があるわけではないが、危険が及んでいると知って無視できるほどの恨みもない。

「今すぐ城門に行って知らせた方がよいのでは」

「駄目だ」

間髪容《い》れず言い切られてしまう。

プラティナは信じられない気持ちでアイゼンを見た。

「どうして。困っている人がいるのに！」

「城門に戻って騒ぎを起こせば巡礼の旅どころじゃなくなるかもしれないからだ。彼らは君が作った薬の効果を知っているからな。薬のことが知られて、依頼されたらどうする？」

「それは……」

「君の願いは残された日々を自由に過ごすことじゃなかったのか」

「……」

　追及され、プラティナは顔を伏せる。

　彼の言うとおり、もうあまり時間はない。最初に告げられた余命は長くても半年という診断だった。体調はそう悪くはないが、明日にでも急な発作で死んでしまう可能性だってあるのだ。死への恐怖がひたひたと心を満たす。

　それでも、とプラティナは顔を上げた。

「でも、私はこの国の王女でもあります。国民が困っているのに、無視はできません」

「……本気か」

「本気です」

　まっすぐにアイゼンを見れば、彼はまるでプラティナがそう答えるのがわかっていたように頭をガシガシと掻きながら長いため息を吐き出した。

「そう言うと思ったが……まったく……君がそうしたいと言うのならば付き合うさ」

「ありがとうございます！」

「ただし、何か行動を起こす時は俺にまず相談してくれ」

「どうしてですか？」

「……君が無自覚に力を使うととんでもないことになりそうだからだ」

「？」

「わかってないならいい。とにかく、今は食事だ」

「はい！」

憂鬱な気持ちが吹き飛べば、忘れていた空腹感でお腹がきゅうと鳴る。

買い物に忙しかったので昼食はおやつを兼ねて露店でパンを一つ食べたきりだったのだ。

以前はそんなパン一つで一日を過ごしたこともあったが、歩き回ったせいかとてもお腹がすいている。

「お待たせしました！」

絶妙なタイミングで食事が運ばれてきた。真っ白なお皿に盛られているのは色とりどりの豆と肉が煮込まれた料理だ。なんて綺麗な料理だろうとプラティナは目を輝かせてスプーンを手に持つ。

「落ち着け。食事は逃げない」

「はい！　でもこんなに綺麗なのに食べられるなんて凄いですね！　珍しいお豆なんですか？」

ぴたり、と食堂全体の空気が止まった気がした。

何か変なことを言ったかと見回せば、どうしたことか食堂の主人がカウンターに突っ伏している。

「……別に珍しいものじゃない。とにかく食え」

アイゼンに促されさっそくそれを口に運ぶ。硬く思えた豆だったが口に含めばほくほくしていて美味しかった。お肉もほろりと崩れる絶妙な軟らかさで、いくらでも食べられる気がした。

「私、とっても幸せです。お腹いっぱいご飯が食べられるなんて」

「……そうだな」

自由な世界を見るどころかこんなに美味しいものが食べられるなんて、巡礼の旅に出てよかったと改めて思いながらプラティナはもぐもぐと食事を続けたのだった。

食後にデザートまでサービスで頂いてしまいさすがに食べすぎてしまった。疲れが出たのか瞼が重かったが、今後について話をしようと声をかけられ、プラティナは素直に従いアイゼンの部屋に行った。

アイゼンが部屋に一つだけある椅子に座ってしまったので、悪いと思いながらも寝台の端にちょこんと腰掛ける。

「今後のことだが」

「はい」

「君はどうしたい？　城門に戻って兵士たちに事情を伝えたところで根本的な解決にはならない。先ほども言ったが最悪の場合、薬を作るために拘束される可能性がある」

「薬を作ることは構わないんですが、それよりも行きたいところがあって」

「行きたいところ？」

ベラや宿屋の主人から話を聞いた時、プラティナはある一つのことを思いついていた。

神殿で施術をしていた頃、ある貴族の屋敷で屋敷中の人たちが身体を壊すという異常事態が起きたので祈禱をして欲しいと連れ出されたことがあったのだ。

調べてみれば屋敷の井戸に呪いがかけられており、その水のせいで全員が苦しんでいたことがわかった。

井戸にかけられた呪いを解いたところ、全ての異常が解決したのだ。

「とても似てるな、と思って」

「君はこれが呪いだとでも言いたいのか？」

「可能性はあると思います。この宿の井戸にかけられた浄化魔法は汚れの除去や毒の分解以外にも呪いを防ぐ効果があるものでしたし」

驚愕の顔をしたアイゼンだったが、プラティナの意見にも一理あると思ったのだろう、考え込みながら小さく頷く。

「なるほど……それならその呪いを解いてしまえば薬は不要ということか……だが、どうやって呪いを探す？」

「それはなんとかなると思うんですが……」

「が？」

話しながらプラティナは瞼が重たくなっていくのを感じ、うまく喋れなくなる。

お腹がいっぱいで身体がフワフワしているし、疲れた身体が早急に睡眠を求めていた。

「ごめんなさい、もう眠くて……」

「おい、ここで寝るな！」

慌てたアイゼンの声が聞こえたが、プラティナは睡魔に逆らえずそのままアイゼンの寝台にこてんと身体を倒してしまう。柔らかくて清潔なシーツに意識が完全敗北するのを感じながら、そのまま瞼を閉じる。

「勘弁してくれ」

呻くようなその声にやはり返事はできなかった。


翌朝。目が覚めたプラティナはちゃんと自分の部屋で眠っていた。どうやらアイゼンが運んできてくれたらしい。

迷惑をかけたことを申し訳なく思いながら部屋を訪ねれば、何故かアイゼンは疲れ切った顔で出てきて「次から話をするのは食事の前だ」と念を押してきた。

満腹になったら寝てしまう女の子だと思われたことは恥ずかしかったが、確かに食事の前に話をするのはいい考えだと素直に頷く。

それから昨日買った服を受け取り、着替えを済ます。選んだのはアイゼンが手に取った水色のものだ。

ぱっと見はワンピースのようだが、上と下が分かれた旅向きの仕立てになっていることもあり、軽くてとても着心地がいい。もうずっと祭服しか着ていなかったので普通の服は新鮮だ。

くるりと回ればスカートがふわりと広がり、気持ちまで華やぐ。

下ろしっぱなしだった髪は邪魔にならないように軽く結び、気持ちを整えた。これならどう見てもただの旅人だ。

これから本格的な旅がはじまるのだという予感に、気持ちが高揚する。

支度を済ませ部屋を出れば廊下でアイゼンが待っていてくれた。

プラティナの姿をじっと見ていた彼だったが、とくに感想はないらしい。

「どこに行くんだ？」

「まずはこの街に水を引き込んでいる水源に行きましょう。辿れば何かわかるかもしれません。呪いには核があるので、それが見つかれば破壊するだけです」

「破壊するだけ、ねぇ」

「大丈夫です、けっこう簡単なんですよ」

心配そうなアイゼンに念押しすれば、疑わしげな視線を向けられてしまった。どうやらあまり信用されていないらしい。死にかけの元聖女が何を言っているのだと思われているのだろうが、一応は十年間の経験があるのだ。

この呪いを解決したいと思ったのは、人々が心配なのもあったがアイゼンに少しは信頼して欲しいと思ったからでもあった。

彼の呪いを解いたことで多少は信じてもらっているだろうが、守られているばかりではないのだと証明したい。

宿屋の主人に水源を聞いたところ、街外れに近くの谷から水を引き込んでいる場所があると教えてくれた。

「あんたたちもギルドで依頼を受けたのか？」

「依頼？」

宿屋の主人の質問にアイゼンが問い返す。

主人は訳知り顔で頷きながら、水質汚染の調査依頼がギルドから出ていると教えてくれた。

「解決すればかなりの大金が出るらしい。あんたたちも調査するなら先にギルドで話を聞いてみたらどうだ」

「……そうだな」

アイゼンは頷くと水源の前にギルドに行こうと提案してきた。

お金も大事だが、ギルドに上がっている依頼を勝手に解決して騒ぎになるのは避けたいらしい。

「冒険者は縄張り意識が強いからな。無関係なのにしゃしゃり出れば、余計ないざこざが起きる」

「じゃあ冒険者登録を？」

「ああ。どうせいつかはしようと思っていたし、いい機会だ」

二人で向かったギルドは、街の中央にあるとても大きな建物だった。

中はたくさんの人たちで溢れている。

アイゼンは迷いのない足取りで、いくつかあるカウンターの一つに向かうと受付嬢に声をかけた。

「冒険者登録をしたい」

突然声をかけたにもかかわらず、受付嬢は慌てる様子もなく「はい」と笑顔で答え、何かの書類を出してきた。

「ここに名前と職業を書いてください。以前にも登録してたことがあるなら、情報を引き継げますが？」

アイゼンの風貌から初心者ではないと察したのか、受付嬢は探るような目でアイゼンとプラティナを見比べてくる。なんだか居心地が悪くなってプラティナが一歩下がれば、アイゼンが受付嬢から隠すように間に入ってくれた。

「いや、結構だ」

「でもその場合、最低ランクからのスタートになりますが」

「かまわない。身分証はこれだ」

そう言ってアイゼンは城門でも見せた身分証を取り出す。受付嬢はそれを確認すると「なるほど」と頷いて受付処理をしてくれた。

しばらく待っていると銀色のプレートが差し出される。

「依頼を受ける時はこれをあちらの受付カウンターに提出してください。ランクに見合った仕事を紹介してくれますよ」

「助かる」

無駄のないテキパキとした二人のやりとりに感動していると、アイゼンはさっさとそちらに行ってしまう。

慌てて追いかけようとすると、何故か受付嬢に呼び止められた。

「あなたは登録しないの？」

「私、ですか？」

「そう。大きな依頼になるとソロだと受注できないの。薬師なら危険な場所に素材を集めに行くこともあるでしょうし、せっかくだから登録しておいたら？」

自分も冒険者登録ができるとは思っていなかったので驚いたが、確かにそう言われれば納得だ。

ちらりとアイゼンを見れば、彼はギルドの職員と何か話し込んでいる。

話しかけて邪魔をするのは気が引けるし、登録するだけならば問題ないだろう。

「さっきの身分証にあなたの情報もあったから、書類を提出するだけで大丈夫よ」

「じゃあ、お願いします」

差し出された書類に素直に記入する。アイゼンに倣って、職業は薬師にした。名前も、家名は書かず『プラティナ』とだけ書き込む。

それを見た受付嬢は、少し不思議そうな顔をした。

「あなたプラティナって言うのね」

「はい」

「この国の王女様と同じ名前じゃない」

「そ、そうですね」

まさか本人だとは答えられず曖昧に微笑めば、受付嬢は手続きをしながら弾んだ声を上げた。

「王女様は神殿で聖女も務められているというし、縁起がいい名前だわ。よい冒険ができますように」

優しく微笑みながらアイゼンと同じ銀色のプレートを差し出され、プラティナは落ち着かない気持ちになった。こんな風に善意だけの笑顔に触れたのはいつ以来だろう。

この名前をつけてくれたのは、亡くなった母だという。

記憶はほとんどないが、こうやって誰かに褒めてもらったのははじめてだ。

「ありがとうございます」

少しだけ瞼が熱くなったのを誤魔化すように微笑んで、プレートを受け取る。小さなそれがずっしりと手のひらに馴染んだ。

はじめて手に入れた自分の証明書を胸に、プラティナはアイゼンのもとに向かう。

銀色のプレートを持ってきたプラティナにアイゼンは少し驚いた顔をしたが、冒険者登録をしたことを咎めるようなことはなかった。むしろ自分から行動したことに感心したように「よかったな」と言ってくれたのでますます心が温かくなる。

「今話を聞いたところだ。街外れにある渓谷の水源調査が依頼に出ている」

アイゼンが差し出してきた依頼書を受け取り、そこに書かれた内容を確かめた。

依頼内容は、水源が汚染されている原因の調査とその解決。ランクや職業を問わず誰でも参加可能で、賞金は持ってきた情報と結果次第。

つまりは成果を上げた人間には金を払う、というシンプルな内容だった。

「登録したばかりの俺たちでも参加は可能だそうだ。受注しておこう」

「はい」

アイゼンに従い受付でプレートを提出すると、受付嬢が処理をしながら現在わかっている内容について説明してくれる。

「この街全体の水源が汚染されています。毒性はそこまで強くありませんが、しっかりと浄化魔法をかけないまま飲用したり調理に利用したりすれば、腹痛や倦怠感などの体調不良が起きてしまいます。現在、ギルドマスターたちが水門に強力な浄化魔法をかける準備をしています」

「つまり、原因は水門の先ってことか」

「はい。水源にはすでに多くの冒険者が行っているようですが、まだ目立った報告は上がっていません」

「なるはどな……」

ちらりと視線を向けてきたアイゼンにプラティナは小さく頷く。

水門から水源の間のどこかに原因があると見て間違いないだろう。

「一つだけ新しい情報だ。おそらく汚染はすでに街を越えて広がっている。先日、城門を抜ける際に兵士たちが腹痛で苦しんでいた」

ギルドの受付がざわめく。どうやらこの情報は知らなかったようだ。

慌てた様子でアイゼンに「もっとくわしく」と詰め寄っていた。

アイゼンは慣れた様子で日付とその対処を説明していた。そして事前に打ち合わせておいたとおり、プラティナが城門の兵士たちに作って渡した薬を差し出した。

「街の住人にも効果があるかわからないが、兵士たちはこれで回復したようだ。確認してくれ」

職員たちはそれを嬉々として受け取り、さっそく城門に使者を出すと約束してくれた。

情報料は事実を確認したうえで確定すると説明される。薬についても効果があれば買い取りたいと言われプラティナは少しだけ戸惑う。

目的はお金ではなく、早くこの問題を解決することなのに。

そんなプラティナの動揺を感じ取ったのか、アイゼンが声を潜めて耳打ちしてきた。

「受け取らないとごねれば妙な疑いを持たれかねない。ここは素直にもらっておくぞ」

まったくもってそのとおりなので逆らう理由はない。

そもそも薬師として矢面に立ってくれているのはアイゼンだ。プラティナは薬を作っているだけなので、彼がいいと言うのならば気にすることもないのだろう。

「わかりました。あの、私、相場とかわからなくて。交渉はお任せしてしまっても大丈夫ですか」

「むしろ任せてもらった方がありがたいな。路銀はいくらあっても困らないからな」

そういうものなのか、とプラティナは素直に頷いておいた。

受付で手続きをしながら、いろいろな説明を受ける。これから向かう渓谷は水源もあることから禁猟区になっているらしく、襲ってきたり人に危害を加えたりするような悪質な魔獣以外は攻撃してはいけないらしい。素材の採取も最低限にするようにと注意され、地図を受け取る。

街から歩いて数刻ほどかかると言われて少し不安だったが、昨日買った靴はとても歩きやすくて歩くことが苦にならない。

神殿で祈りばかり捧げていた頃はとても疲れやすかったが、ここ数日しっかりと食事をとっていたこともあり不思議と身体が軽い。

油断したら自分が余命わずかなことを忘れてしまいそうだった。

街を出て、地図通りに川沿いの道を辿りながらまっすぐに水源である渓谷を目指す。

「疲れてはいないか？」

アイゼンはまめに体調を確認してくれた。

旅慣れていないプラティナが無理をしないかどうか心配しているらしい。その優しさに自然と頬が緩む。

「これは巡礼旅の練習だと思えばいい。これからこの倍は歩く日もあるだろうからな。少しでも身体に負担を感じたら休んで栄養をとる。旅はその繰り返しだ。無理をすればあとでしっぺ返しが来る」

おそらく経験に基づいた話なのだろう。

ためになるなぁと思いながらプラティナは素直に頷き指示に従った。

横を流れる川は見た目は美しく、呪われたり汚染されたりしているようには見えない。草が枯れていることもないし、動物たちも喉を潤している。

(呪いの対象が人間だけ、ということかしら)

どんな呪いも対象や条件を狭めれば狭めるほど強さが増す。もしプラティナの予想通り水の汚染が呪いによるものならば、人間だけを苦しめるような呪法なのかもしれない。

休みながら進みつづければ開けた街道から林道へと周囲の景色が変化していた。だんだんと険しくなる道から渓谷が近いことを感じていると、アイゼンが突然足を止めた。

どうしたことかとその視線の先を追えば、道の向こうから大柄な男たちが集団で歩いてくるのが見えた。

(他の冒険者かしら?)

男たちは周囲をキョロキョロと見回しながら歩いており、アイゼンに気がつくと表情を険しくさせた。

「なんだぁ。お前たちも調査かよ」

挨拶も前置きもなく乱暴に声をかけられ、本能的にいやだなとプラティナは感じた。

アイゼンもまた関わらない方がいいと判断したのか、何気なくプラティナを背に庇《かば》いながら「そうだ」と静かに答える。

「この先は俺たちが調べ尽くしたから何もないぜ。悪いことは言わないからさっさと他の場所に行くんだな」

明らかにプラティナたちを邪魔に思っているらしい口調だ。

相手は五人ほどの集団で全員武器を持っていた。冒険者同士の争いは御法度だとギルドでは聞かされていたが、彼らから感じる空気はどうも好戦的で気分が悪い。

アイゼンごしに男たちをじっと見ていたプラティナに、集団の一人がようやく気がついたらしく

「おっ！」と喜色にあふれた声を上げた。

「女がいるじゃないか」

その一言に男たちが一斉に色めき立ちプラティナに視線を集中させた。

だがアイゼンが一歩前に出てその視界から遮ってくれる。

「俺の助手だ。俺たちは薬師として水源の汚染状況を調べに来ただけだ。お前たちに指図される謂れはない」

「なっ……！」

毅然としたアイゼンの言葉にリーダー格らしき男が眉をつり上げた。他の男たちも同様に苛立った雰囲気になる。

このままでは争いになるのではとプラティナが冷や汗をかいていると、男たちの後ろからまた違う集団がやってきた。

「お前たち、また騒ぎを起こす気か」

どこか涼やかな声に顔を上げれば、すらりとした金髪の青年を先頭にした集団が道なりに歩いてきているところだった。男たちはその姿に「げ」と短く呻き、さっきまでの威勢はどこへやらソワソワしはじめた。

「この前も他の冒険者と喧嘩になってペナルティを科せられたはずだろう。また奉仕活動がしたいのか」

「別にそんなんじゃねぇよ。チッ、行くぞ」

青年の言葉に男たちは怯えたように歩き出す。解放されたことにプラティナはほっとしてアイゼンの袖をきゅっと摑《つか》んだ。

「大丈夫か?」

「はい。ちょっとびっくりしました」

あんな絡まれかたをしたのは生まれてはじめてだったので正直怖かった。アイゼンがいてくれなかったら卒倒していたかもしれない。

「君たち、大丈夫かい?」

心配そうな声で呼びかけてくれた青年の笑みは穏やかだ。

青年の後ろにいる人たちもみな穏やかな笑みを浮かべており、プラティナたちを案じてくれているようだった。

「助かった」

「よかった。あいつらはちょっと問題のある冒険者として有名なんだ。特に最近は、調査に来た冒険者にやけに突っかかって騒ぎを起こしている。ギルドも問題視しているから、なるべく関わらない方がいい」

「なるほどな」

「僕はセイン。こっちはパーティメンバーのみんなだ。君たちも水源の調査に?」

「ああ」

セインと名乗った青年は人好きのする笑みを浮かべ、アイゼンと握手を交わす。

「そうか。でもこの先には残念ながら何もなかった。動物たちや植物に影響は出ていないようなんだが……」

不可思議そうに首をひねるセインたちの様子から、本当に何もわかっていないことが伝わってくる。隠しごとをしない態度といい、とても好感が持てた。

「俺たちは薬師なんだ。水質を調べて薬が作れないか調べに来た」

「なるほど！　状況がよくならないのならば薬はあるに越したことはないし、是非頑張ってくれ」

「ああ」

「僕たちは今からギルドに戻る予定だ。さっきの連中がまだこの辺りをウロついている可能性もあるし、どうか気をつけてくれよ」

優しい言葉を残し、セインたちは去っていく。

なんだか息つく間もなく人と会話したからか心臓がどきどきしていた。

胸を押さえてじっとしていると、アイゼンが困ったように眉根を寄せている。

「冒険者といってもいろいろな連中がいる。俺から離れるなよ」

「はい」

「どうする？　このまま進むか？　何もないとは言われたが……」

「原因が呪いなら見ただけではわからないと思います。とにかくもう少し奥に進みましょう」

アイゼンと共に先に進んでいくと、不思議なことにどんどん道が狭まってくる。渓谷に向かっているはずなのに何故か森の奥へ奥へと誘われているようで不思議な感覚だった。隣を歩くアイゼンもそれを察知したのか、腰の剣に手を伸ばし警戒した表情を浮かべていた。

だが、道なりに細いながらも川が流れている。きつくなってきた斜面にそって道を進んでいくと、不意に開けた場所に出た。

「わぁ」

「なんだここは」

そこにあったのは切り立った崖だ。細い滝が淵をつくり、川となって先ほどの道の脇を流れていく。

「ここが水源ですか？」

「いや……地図にはこんな場所は書かれていない。さっきの道も不自然だった。渓谷へは一本道のはずなのに」

アイゼンと共に周囲を見回すが、人気はなくとても静かな場所だった。空気はとても清浄で、優しい匂いが満ちているのがわかる。

「ここは自然にできた聖域なのかもしれない」

「聖域？」

「ああ。何らかの条件が交ざり合うと、自然発生した魔力が結界を張って人間が立ち入れない場所を作ったりするんだ」

「なら私たちはどうして……？」

首を傾げれば、アイゼンが何か言いたげにプラティナを見てきた。

「君の聖なる力が結界に干渉したのかもしれない。他の連中はこの場所に気がつかなかったんだろう」

　そんなことがあるのだろうかとプラティナが周囲を見回してみると、淵の近くに何かが落ちていることに気がついた。最初は植物かと思ったそれが、もぞりと動いたのが目に入る。

「あっ!!」

　気がついた時には駆け寄っていた。慌てたアイゼンの声が聞こえたが止まれなかった。

「なんてこと！」

　それは全身を鈍色の鱗《うろこ》に覆われた翼の生えたトカゲだった。猫ほどの大きさがあり、ぐったりと地面に横たわっている。よく見れば尻尾の一部に深い傷があり、そこから青い体液が流れ出て滝壺に流れ込んでいた。

「魔物の子どもか？　こんな種族は見たことがないぞ」

「怪我をしてるみたいです」

「おい、あぶないぞ」

　制止する声が聞こえたが、プラティナは構わずそのトカゲに手を伸ばした。ひんやりとした身体はつるりとしていて滑らかだ。浅く上下する背中を撫でながら、傷を確かめる。

「ひどい……何かで切られたみたいです」

「皮膚がえぐれているな。かぎ爪のようなものでやられたんだろう。誰かに狩られたのかもしれない」

「ひどい。こんな小さな子を……」

ここは禁猟区ではなかったのか。

込み上げてくる憤りから唇を噛みながら、痛々しい傷跡にそっと指を触れる。

「きゅう」

トカゲが苦しそうに鳴く。プラティナを見つめる琥珀色の瞳はうるうると濡れており、怯えているのがわかった。

「すぐに治してあげるからね」

指先に聖なる力を込めて治癒を祈る。ごっそりと力が取られるのを感じたが、必死に祈ると、深い傷が見る間に塞がり流れ出ていた体液も止まった。

「はぁ……」

「大丈夫か!?」

魔物の治療などはじめてで、全身が疲労感に包まれたのがわかった。その場に座り込んだプラティナの身体をアイゼンが抱き留めてくれる。

「きゅう！　きゅう!!」

すっかり傷の癒えたトカゲは起き上がるとその場でぴょんぴょんと跳ねて全快を喜んでいる。小さな翼をパタパタさせ、ふわりと身体を宙に浮かべたトカゲは座り込むプラティナの膝に乗ると、甘えるように喉を鳴らす。

「まあ……」

そのあまりの可愛さにプラティナは頬を緩ませ、小さなすべすべとした頭を撫でた。琥珀色の目を嬉しそうに細め、さらに身体をすり寄せてくる。

「懐かれちゃいました」

「……まったく、魔物を治療するなんて馬鹿な話は聞いたことがないぞ」

呆れきった様子ながらもアイゼンにプラティナを責める様子はなかった。むしろ、彼もまたどこか安心した優しい顔をしている。

「しかしこんな生き物見たことがないぞ？　何かの突然変異か亜種か……」

「危険はなさそうですけど。まだ子どものようですし」

両手で抱き上げてみれば驚くほど軽い。しかしその表皮はしっかりしているし、口の中にはびっしりと牙があった。だが大きな瞳と愛らしい仕草のせいか、怖いとはまったく思えない。

「きゅう」

「あなたずっとあそこにいたの？　痛かったでしょう」

「きゅう〜〜」

怒ったような声を上げ、トカゲが先ほどまで自分の倒れていた場所を睨むような仕草をした。青い体液がこびりついた地面は見れば見るほど凄惨だ。その部分に触れている水面も青く濁っており、ずいぶんと汚れてしまっているのがわかった。

「……もしかして！」

トカゲを腕に抱いたまま、プラティナは濁った水面近くに駆け寄る。

水に指を差し入れれば、どろりとした独特の感触が皮膚にまとわりついた。悪寒で肌が粟立つ。

「どうした？」

「これです！」

「は？」

「この汚れが汚染の原因です!!」

プラティナの言葉にアイゼンが驚きながらトカゲを見つめた。

急に鋭い視線を向けられたトカゲが低く唸る。暴れて腕から逃げようとするその背中を撫で、プラティナは説明をはじめる。

「おそらく、この子は人に襲われたんです。そして流れ出た血が水を汚染した……魔物の体液には魔力が宿っています。この子の苦しみが、水を汚染し、自分を襲った人間を呪ったのかもしれません」

小さくはあるが治療の時にごっそりと力を奪われたことを考えれば、きっとかなりの魔力を秘めた生き物なのだろう。どれだけここに倒れていたか知らないが、苦しいと思う気持ちから自分を傷つけた相手を呪ったとしてもおかしくない。

「なるほどな……じゃあ、コイツを殺せば解決するのか」

「ギュウ！」

「駄目ですよ!!」

プラティナは慌ててトカゲを腕にしっかりと抱きしめる。

「この子に非はありません。おそらく、この場所が特殊なことも原因だと思います。いろいろな条件が揃って生まれた呪いです」

「ならどうする」

「浄化します」

トカゲの子を地面に下ろすと、プラティナは地面に膝をつくようにして座り込んだ。

かつて神殿の祈りの間でやっていたように、両手をしっかりと組み、祈りを捧げる。

周囲がふわりと輝くのがわかった。全身に流れている聖なる力が地面を伝わり水面に流れ込んでいく。

「……これは……！」

背後でアイゼンが驚愕する声が聞こえた。

久しぶりの感覚に身体が震える。だが、神殿の時よりも苦しくない。むしろ周囲の優しい空気がプラティナを手伝ってくれているような温かさがあった。

白い光が汚れていた地面と水面に広がっていく。青い体液が消え濁りが消えていく。そしてその光は川の水面を撫でるようにしてまっすぐ下流へと進んでいった。

「……ふう」

光が完全に見えなくなって、プラティナはようやく両手をほどく。

汗が額から流れ落ち、全身を心地よい倦怠感が包んでいた。

「終わった、のか」

「はい。おそらくこれで水問題は解決するはずです」

「きゅう！」

トカゲが嬉しそうに鳴きながらプラティナに頭をこすりつけた。この子もまた、呪いが発生してしまったことで苦しんでいたのかもしれないと思うと胸が痛んだ。

「でもよかった、解決して。たいしたことなくてよかったですね」

「……君なぁ……」

がっくりとうなだれるアイゼンはとても疲れた顔をしていた。いろいろと心配させてしまったのだろう。

申し訳なく思っていると、お腹が急にきゅうっと鳴った。力を使いすぎたせいでお腹がすいてしまったらしい。プラティナは顔を真っ赤にしてお腹を押さえた。

「……クッ」

笑いをかみ殺し損ねたような声に視線だけ上げれば、アイゼンが顔を逸らして肩を震わせていた。どうやらしっかりはっきり聞かれてしまったらしい。

締まらない空気にいたたまれなくなって両手で顔を覆えば、トカゲが心配そうにきゅうきゅう鳴きながらプラティナの周りをぐるぐる回る。するとそれに答えるみたいに再びお腹がきゅうっと鳴ってしまう。

アイゼンがこらえきれなくなったらしく大きな笑い声を上げた。

「ははは……！　本当に君は凄いな」

「もう！　笑わないでくださいよぉ！」

「すまない。とにかくそのトカゲを連れてギルドに報告に行こう。その前に食事か」

からかうような口調と共に手を差し伸べられ、プラティナは頬を膨らましながらもその手を取ろうとした。

「……！」

アイゼンとトカゲが、ほぼ同時に顔を上げる。

ただならぬその空気にプラティナが彼らの視線の先を追えば、先ほど絡んできた男性冒険者たちが、にやにやと笑みを浮かべて立っていた。

プラティナに差し伸べていた手を腰の剣へと伸ばしたアイゼンが男たちに向かって身構える。

「どうして……」

「チッ……つけられていたのか」

背中を向けたままのアイゼンの表情はわからなかったが、声音に滲む怒りと苛立ちを感じプラティナは身体を固くした。

「アイゼン様……」

「君はじっとしていろ」

実際、何ができるわけでもない。邪魔にならないようにトカゲを腕に抱いて後ろに下がる。

すると男たちが下品に口笛を鳴らした。

「やっぱりだ。お嬢ちゃん、そのトカゲは俺たちのペットでな。逃げ出したので捜してたんだ。返してくれないか」

「え……？」

驚いて腕の中のトカゲを見れば、ぐるぐると低く唸りながら男たちを睨み付けていた。琥珀色の瞳に宿るのは明らかな怒りと敵意だ。

「お前たちに懐いている様子はないぞ」

「クッ……うるせぇ！　それは俺たちのもんなんだよ！　いいから渡せ!!」

焦りを帯びた口調で叫んだ男が、腰につけてあった武器らしきものを振り上げる。鉤爪《かぎつめ》のような凶悪な形状から連想したのは、トカゲの傷だ。

「あなたたちがこの子を傷つけたのね！」

思わず叫べば、男たちの顔色が変わる。

アイゼンが小馬鹿にしたように息を吐きだした。

「なるほど。さっきも妙な動きをしていると思ったが、お前たちの目的は汚染の調査ではなくこのトカゲか。大方、珍しい種類なので捕縛しようとして逃げられた……といったところか」

図星なのだろう、焦ったように目配せしあう男たちの姿は滑稽だ。

「ここは禁猟区……怪我をしたコイツが他の冒険者に見つかれば間違いなく騒ぎになる。お前たちが水源の調査に来た冒険者と問題を起こしていた理由はこれか」

「う、うるせぇ！　いいから渡しやがれ!!」

とうとう男の一人がアイゼンに向かって走り出した。

「アイゼン様!!」

大変だとプラティナは悲鳴のような声で名前を呼ぶ。相手は複数で、見る限り様々な武器を持っている。対するアイゼンは薬師を演じるため武器は腰に下げた細身の剣一つ。

(どうしたら……！　助けを求めに行くべき!?)

だが出口は男たちの向こうだ。プラティナがそちらに向かって駆け出せば逆にアイゼンの邪魔をしてしまうかもしれない。

どうすればよいのかわからず、トカゲを抱く腕に力を込め、ぎゅっと目をつぶった。

「ぎゃあああ！」

「うあああああ！」

いくつもの悲鳴が同時に響いた。

どさどさと何かが地面に落ちる音が聞こえ、突然の静寂が訪れる。

「……え?」

恐る恐る目を開けたプラティナが目にしたもの。

それは地面に累々と横たわる男たちだった。

全員白目を剝《む》いて身体をぴくぴくと痙攣《けいれん》させている。不憫にも泡を吹いている男もいて、完全に倒されてしまっているのがわかった。

「口ほどにもないな。腕ならしにもならない」

呆れきった口調でぼやくアイゼンは、よく見れば剣すら抜いていない。

見ていなかったがどうやら全員素手だけで倒したのだろう。その表情はひょうひょうとしていて、汗一つかいていなかった。

信じられないとプラティナが目を丸くして立ち尽くしていれば、振り返ったアイゼンが軽く肩をすくめ口の端をつり上げた。

意地悪で楽しそうな笑顔は少年のように見える。

「こいつらを縛るロープがいるな」

「……そうですね」

もしかしてこの人はとんでもない人なのかもしれない。

プラティナはそんなことを考えながら、心を落ち着けるために腕の中のトカゲを優しく撫でたのだった。

森から植物のつたを採ってきたアイゼンは、驚くほどの手際のよさで男たちを全員縛り上げ、てきぱきと聖域から引きずり出し、水源へと続く道に丁寧に並べていく。

その首には「密猟者。触るな危険」という丁寧な看板までかけられていた。

「あの……そこまでする必要が……？」

「こういう連中は平気で人を騙す。ただ縛って放置しただけなら、誰かに襲われたとかなんとか言って助けを求めようとするだろう。だが、ギルドで聞いた説明からこの地区での猟は禁忌のようだった。密猟者だと書いておけば誰も助けない」

なるほどと納得しながらも、その哀れな姿に少しだけ胸が痛む。男たちの身体はあちこち傷だらけで、よく見れば全員顔色も悪い。

「同情するなよ。どんな理由があっても、こいつらは掟を破ったうえに俺たちに攻撃してきたんだ。俺が負けていれば、そのトカゲだけじゃなくて君も何らかの商品にされていた可能性がある」

「商品……？」

「若い娘は価値があるからな……とにかく、危険だから近づくな」

真剣な顔で語るアイゼンにプラティナは素直に頷く。

世間知らずであることは事実だし、さっきだってアイゼンのおかげで助かったのだ。今の言葉もきっとプラティナのためのものなのだろう。

「とにかくギルドに戻ろう。こいつらはあとで回収してもらえばいい」

「はい」

「きゅう！」

トカゲがまるで「自分も！」と主張するように可愛らしい声で鳴いた。すっかり懐いてしまったらしく、今はプラティナの肩に器用に座っている。

その姿をじっと見ていたアイゼンが、怪訝そうに眉根を寄せた。

「重くないのか？」

「ぜんぜん。まるで何も乗っていないみたいに軽いですよ」

「ふうん……しかしコイツはなんなんだろうな。ただのトカゲでないのは確かだし、魔物にしては弱そうだし」

「きゅう！」

じろじろと観察され、トカゲが居心地悪そうに鳴き声を上げる。

そんな二人のやりとりがどこか愛らしく、プラティナは小さく笑った。


ギルドに戻り事の次第を報告すると、当然のごとく大騒ぎになった。

水門への浄化魔法をかける直前だったこともあり、ギルドの職員たちは街中の水質確認にてんやわんや。

捕まえておいた男たちも回収され、厳しい取り調べが行われることになるらしい。

とにかくここにいてくれとギルドの会議室に押し込められ、すでに小一時間が経過していた。トカゲはすっかり飽きたのかプラティナの膝の上で丸くなって眠ってしまっている。

「まだ、ですかね……」

「連中もあれこれ考えてるんだろ。いろいろと前代未聞だろうからな」

「そうですよね。密猟者だなんて大変ですよね」

「いや……そっちじゃなくてだな……」

「？」

何を言いたいのだろうとプラティナが首を傾げていれば、ようやく会議室の扉が開いた。中に入ってきたのは、つるりと眩《まぶ》しい頭をした身体の大きな男性をはじめとした集団だった。その中には渓谷に行く道ですれ違ったセインもいた。

「やあ。また会ったね」

「こんにちは」

慌てて頭を下げればセインが苦笑いを浮かべる。

「まさか連中が原因だったとは。君たちを追いかけていることに気づかなくてすまない」

「いえ！　そんな……」

謝ってくるセインに狼狽えていれば、隣のアイゼンが軽く肩をすくめる。

「あんたが謝ることじゃないだろう。悪いのはやつらだ」

「それはそうだが、連中が問題のある存在であったことをもっと注意すべきだった。新人である君たちに配慮できなかったことは謝らせて欲しい」

本気で責任を感じているらしいセインにプラティナは笑みを向ける。

「大丈夫です。彼らはアイゼン様が倒してくれましたし、この子も無事でしたから！」

トカゲは未だに眠ったままだ。人が多くなっても起きる気配がない。

アイゼンもまた、なんてことはなかったというように肩をすくめるばかりだ。

そのことにセインは安心したように表情を和らげた。

「ありがとう」

和やかな空気の中、小さな咳払いが響く。

顔を向ければ、眩しい頭の男性が何か言いたげにセインをちらちら見ていた。

「紹介が遅れてすまない。彼はギルドマスターのガセル。今回の件で君たちにお礼を言いたいと言ってね」

「紹介にあずかったガセルだ。まさか登録早々、こんな大事件を解決するとは恐れ入った。あの連中には厳しい処分をするので安心して欲しい」

ガセルが大きな身体を折って深々と頭を下げてきた。

ギルドマスターということは、このギルドで一番偉い人なのだろう。まさかそんな人に頭を下げられるとは思っておらず、プラティナは慌てる。

「あまり大事にしないでくれ。あれは偶然だ」

「いや、偶然とはいえ、君たちのおかげでこの街は救われた。トカゲの傷を癒やし、呪いを浄化してしまうなんてな。凄腕の薬師だ」

感動したように熱く語るガセルの態度に、プラティナは引きつった笑みを浮かべる。アイゼンはしれっとした顔のままだ。

本当のことを全て打ち明ければ、プラティナが聖女であることがバレてしまう。だから事前に打ち合わせておいて、偶然あの場所に行き当たったアイゼンがトカゲを治療したことで呪いが解けた、という話をギルドに報告したのだ。

プラティナが慌てる気配に気がついたのか、膝の上で丸くなっていたトカゲが目を開け首をもたげる。琥珀色の瞳で周囲をキョロキョロと見回す姿はまるで猫のようで愛らしい。

「これが例のトカゲだね……」

「ええ」

「きゅう！」

「こいつの血に宿っていた魔力とあの場所の魔力が影響し合って今回の騒動が起きた可能性が高い。あの聖域にあった滝から流れ出た水も水源から来たものだったんだろう」

大きく頷いたガセルが、苦虫をかみつぶしたような顔をした。

「さっき、密猟者たちに尋問したところ、数週間前にあの渓谷でそのトカゲを見つけたらしい。めずらしい見た目なので愛好家に売れると考えたそうだ」

「ひどい……禁猟区なのに……」

「あの連中は以前からもあの地区で狩りを行っていた形跡がある。禁猟区だからこそ、ライバルもいなければ生物たちものんびりしているからね。本当に腹立たしい」

ガセルの言葉を継いだセインもまた、憤りを隠せない様子だ。

あの男たちが行ったことは、おおよそアイゼンの指摘したとおりだった。捕らえようとしたトカゲに傷を負わせ逃がしてしまった。傷を見れば誰かに襲われたことがわかってしまうため、なんとかして捕まえようとあの地域を調べていたら、水源の異常という事件が起きてたくさんの冒険者が来るようになり、追い返そうと問題を起こし続けていたらしい。

「だが、まさかトカゲの血がこの事態の原因だとは思っていなかったらしい。教えてやったら青い顔をしていたよ。必ず償わせる」

「ぎゅう！」

元気よく返事をしたのはトカゲだった。暗くなっていた部屋の空気が少しだけ明るくなる。

自分を傷つけた犯人たちが裁かれることになったことを理解しているかのように満足げに鼻を鳴らし、トカゲはプラティナの手に甘えるように頭をこすりつけた。

「ずいぶん君に懐いているね」

「あ、ああ。それは私が……」

「俺の薬を使って助手である彼女が手当てしたんだ。だからだろう」

「なるほど」

うっかり自分が癒やしたと言いかけたプラティナの言葉をアイゼンが上手く誤魔化してくれた。

横目で黙っていろと促され、プラティナは慌てて口を引き結んで頷く。

「しかし本当に不思議な種族だね。ガセル、見たことは？」

「いいや。俺もはじめて見た。新種か、亜種か……」

冒険者二人に視線を向けられたことに気がついたトカゲが怯えたようにキュルキュルと鳴いてプラティナの後ろに隠れてしまった。可愛らしい姿にきゅんとなる。

「あの。この子はどうなるんですか？」

「うーん。水質汚染の原因ではあるが、その子に非はないからね。いちおう、ギルドに所属している魔獣医に調べてもらって、問題がないなら元いた場所に返すのが筋なんだけど……」

「きゅう！」

トカゲはセインの言葉に嫌だとでも言うようにひときわ大きく鳴いてプラティナにしがみついて

しまった。

その姿にセインだけではなくガセルも苦笑いを浮かべる。

「どうやらお嬢ちゃんに助けられてすっかり懐いたか、主人認定したらしい」

「私を？」

「トカゲというか、羽を持つ竜種に属する魔獣は気に入った人間を主と認めて付き従う性質があるんだ。その絆はどちらかが命果てるまで続くと言われている」

「命果てるまで……」

思わずトカゲに目を向ければ、丸っこい琥珀色の瞳が懇願するようにプラティナを見ていた。

つるりとした頭を手の甲や腕にすり付けられる度に、傍に置いてと必死に訴えられている気分になる。

（でも、私はもう長く生きられないのに……）

申し訳なさと愛しさで胸がいっぱいだった。

この子は可愛いと思うが、受け入れてしまってもいいのだろか。

「お嬢さんさえ良ければ、そいつを従魔登録してやって欲しい。誰かの所有物ならもう狙われることもないだろうし、ギルドとしても安心だ」

「でも……」

助けを求めるようにアイゼンに視線を向ける。

黒い瞳が少し困ったように細められてから、仕方がないな、とでも言うように眉尻が下がった。

「君の好きにしたらいい。トカゲ一匹くらいならなんとかなるさ」

「いいんですか？」

「ああ」

皆まで言わなかったが、きっとプラティナに何かあったあとはアイゼンが面倒を見てくれるつもりなのだろう。

その優しさに胸がきゅうっと締め付けられる。

「じゃあ、一緒に来る？」

「きゅうう！」

トカゲが嬉しそうに鳴き、飛び上がって肩に止まった。

自分を慕ってくれる小さな命の重みに、プラティナは頰を緩ませた。

ようやく話を終えてギルド会館の外に出ると、すっかり夕暮れだった。

道行く人たちは家路を急いでいるのかどこか早足だ。

「今日からあなたはアンバーよ。よろしくね」

「きゅう！」

プラティナの周りを嬉しそうに飛び回るアンバーという名前になったトカゲの首には銀の鎖がキラリと光っていた。

ギルドにて正式に従魔登録をしたことにより、アンバーはプラティナの所有物ということになった。生き物を所有物扱いするのは少し嫌な気持ちだったが、アンバーが魔物である以上、そうしなければ他の冒険者から奪われる可能性もあると言われ、渋々ながら頷いた。

「禁猟区以外では従魔でない魔物は狩猟や捕縛の対象になるからな。珍しい生き物なら余計にだ。こいつはどうやら君を気に入っているようだから、せいぜい大事にしてやるといい」

「はい！」

「きゅう！」

アイゼンの言葉に返事をすれば、アンバーが真似をするように鳴いた。

「まあ、君も世話をする生き物がいる方が無理をしなくていいだろう」

「無理、ですか？」

「ああ。そいつは魔力は強そうだが、見たところまだ幼獣だ。無茶をさせれば弱るだろうし、あの程度の冒険者に怪我を負わされたことを考えれば強さも大したことはない。君が無理をして連れ回せば、そいつも危険だということを覚えておくんだ」

冷静な指摘にひやりと血の気が引く。これからはアンバーを守らなければいけない立場になったのだ。無理はできない。

ただ自由に旅がしたいという子どもじみた願いが、一つ重さを増したような気がした。

（アイゼン様って、何者なんだろう）

今更な疑問が首をもたげる。

密猟者たちを簡単に倒してしまったこともだし、この短い間に一緒に過ごしただけでもその知識や経験が桁外れなのが伝わってくる。

もしかしなくても、この人は凄い人なのかもしれない。このまま自分の傍にいてもらってもいいのだろうか。

急に不安になって俯《うつむ》けば、肩に止まったアンバーがきゅうきゅうと鳴いた。

アンバーはどうやらプラティナの心の揺れ動きを理解するらしく、口に出さなくてもその気持ちを察知してくれるらしい。

竜種の魔物にはそういった能力があると、さきほどガセルから教わったばかりだった。

「君、大丈夫か？」

だがプラティナの異変を察知したのはアンバーだけではないらしい。黙ってしまったことを心配したのかアイゼンがのぞき込んでくる。

強くて、自由で、頼もしい人。

プラティナが持ち得ない全てを持っているアイゼンという存在が、心の中で存在感を増した気がした。

同時に、これまでずっと引っかかっていたことが気になってしょうがなくなる。

「アイゼン様」

「なんだ」

「……その、『君』って呼ぶのやめてくださいませんか？　私にはプラティナ、という名前があるんです」

「……！」

一瞬目を剥いたアイゼンに、どうやら名前を呼ばなかったのは意図的だったことを察する。

出会った時からアイゼンはまるでプラティナの名前を知らないかのように、呼びかける時は『君』と言い続けてきた。確かに、彼を苦しめた王国の王女の名前など呼びたくはないだろう。だが、これからはずっと一緒に旅をしていくのだ。他人行儀なのは少し寂しい。

「……君も」

「はい？」

「君も、俺に『様』をつけるだろう。いい加減やめてくれ。俺は君に敬称をつけられるような人間じゃない」

まさか同じようなことを指摘されるとは思っておらず、プラティナはぱちりと目を丸くした。

出会った時は周囲の目があったため呼び捨てにしていたが、王都を離れてからはずっと「アイゼン様」と呼んでいたことを思い出す。

「それは……私はあなたに迷惑をかけている身ですし……」

「君に迷惑をかけられた記憶はないが」

「う……」

何故だろう、とても意地悪な口調に、プラティナは小さく唇を噛む。

ふつふつとこみ上げてくる感情の名前がわからず落ち着かない。

「じゃあ、私が呼び捨てにしたら名前で呼んでくれますか？」

「いいぞ」

間髪容れずに返事をされ、自分で言っておきながら思わず短く呻いてしまう。

こちらを見つめてくる黒い瞳からは迷いは感じない。

出会った時からずっと、アイゼンはまっすぐなままだ。

急に呼び方を変えることは恥ずかしかったが、この機会を逃せばずっと変えられないと思い、プラティナは小さく深呼吸してから顔を上げた。

「……アイゼン。今日は守ってくれてありがとうございました」

「かまわない。俺はプラティナの従者だからな。当然のことをしたまでだ」

くすぐったさが全身を駆け巡る。これまでの人生でずっと呼びかけられてきた名前なのに、アイゼンに呼ばれるとどうしたことか自分の名前が特別なものに思えてくるから不思議だ。

なんと返事をしてよいかわからずもじもじしていれば、アイゼンもまた口元を押さえて明後日《あさって》の方向を見ていた。

気恥ずかしいのはお互い様なのだな、と気がつく。

「アイゼン、お腹がすきました。宿屋に戻りましょう。今日の夕食は何でしょうか」

「そうだな。さすがに疲れた。食事をして早く休むか」

疲れて身体も重たいはずなのに、どうしてだか足が浮き上がるような気がした。

宿屋に戻れば、すでに宿泊者向けの夕食が食堂で配られ始めていた。

美味しそうな匂いに我慢できず、急いでテーブルに駆けつければアイゼンが苦笑いをしながらついてくる。

「おや、それはあんたの従魔かい？」

食堂の主人がプラティナの肩に乗ったアンバーに気がつき目を輝かせた。

「はい。アンバーといいます」

「じゃあ、チビ助の飯も出してやらないとな。肉でいいか」

アンバーの飯、という単語にプラティナははっとする。面倒を見るということは食事の世話もしなければならないのだ。

助けを求めるようにアイゼンに視線を向ければ、彼は小さな笑みを浮かべていた。

「ああ。こいつは雑食だがおそらく肉が好みだろう。代金は宿代につけておいてくれ」

「あいよ！」

アイゼンの言葉に頷いた食堂の主人は、キッチンへと駆け戻ると拳大の生肉を持ってきてくれた。

アンバーは嬉々とした様子でそれにかじりついた。

「あんたたちにはこっちだ。今日はギルドに行って依頼を受けたんだろう？　精をつけなきゃな」

どん、という小気味いい音と共に目の前に置かれたお皿には、丸焼きにされた肉の塊が載せられていた。つやつやと輝く表面には脂が滲んで滴っている。鼻孔をくすぐる香ばしくも甘い香りにお腹がきゅるると歓喜の悲鳴を上げた。

左右に置かれたナイフとフォークを取り、そっと刃を滑らせれば驚くほど簡単に肉が切れてしまった。現れた断面は柔らかな白色でしっかりと火が通っているのがわかる。

ごくりと喉を鳴らしてから、切り分けた一切れを口に運ぶ。すると、じゅわりと口の中に旨みが広がり、顎がきゅうっと痺れるように痛んだ。

「おいしい～～～!!」

　思わず叫んでしまった。

　アイゼンは小刻みに肩を揺らしているし、食堂の主人は満足げに大きく頷いている。アンバーは自分の肉を食べるのに必死でこちらを見ようともしない。

「そんなにうまいか」

「ひゃい。こんにゃにおいしいおにきゅ、はじめてでふ」

「食いながら喋るな。落ち着け」

　水の入ったコップを差し出され、恥ずかしくなるが止められない。

　噛めば噛むほどに口の中に味が広がる。これが幸せか、と身体が震えてしまう。

「こんなに大きくて美味しいお肉、はじめてです。食べても食べてもなくなりそうにない」

　喜びを素直に口にしてせっせと食べる。

　アイゼンは何故かじっとこちらを見たままだし、食堂の主人は「おかわりもあるぞ！」と言ってくれた。

　今日は大変な一日だったが、幸せなこともたくさんあったと、胸の中を幸福が満たしていく。

　その後、お腹いっぱいになったプラティナは案の定、部屋に辿り着く前に寝落ちしてしまい、またもアイゼンに運ばれることになったのだった。

＊＊＊

翌日。ギルドを再び訪れたプラティナたちの目の前には大きな革袋が積まれていた。アイゼンの拳ほどはある大きなそれが合計三つ。

いったい何なのだろうと、革袋を挟んで向こうに座っているガセルとセインに視線を向ける。

「アイゼン、そしてプラティナ。これは今回の君たちへの報酬だ」

「！」

思わず革袋とガセルを見比べてしまう。

「ずいぶんと気前がいいな。本気か？」

慌てるどころかどこか探りを入れるようなアイゼンの態度には余裕が溢れている。対するガセルもまた、余裕の笑みだ。

「ああ。持っていってくれ。これは元々、水門にかける浄化魔法の依頼料だった。魔法自体が不要になったので宙に浮いた金でもある」

「だとしても少しばかり多すぎやしないか？」

「水質汚染の原因発見と改善。密猟者の捕縛。渓谷に隠されていた聖域とも呼べる新たな水源の発見。加えて、体調を崩していた人たちへ配る薬の製造。功績を考えれば少ないくらいだよ」

「ふうん」

満足そうに足を組むアイゼンの横でプラティナは話についていけず、一人じっと革袋を見つめていた。

アンバーは暇そうに大あくびをしている。

プラティナが作ってアイゼンがギルドに納品した薬の効果は絶大だったようで、無理に水を飲み続け体調を崩していた人たちの回復にとても役立ったらしい。

正式に依頼され、今朝方大量に納品したのだ。

「どうだ、受け取ってくれるか」

「もちろん、と言いたいところだがやはり高すぎる。条件は何だ」

「……さすがに勘がいいな。君は本当にただの薬師なのか？」

探るようなガセルの表情に、アイゼンはさぁなと軽く肩をすくめてみせた。

「俺が提示した身分証は本物だ。疑うなら発行元に問い合わせたらいい」

「ふむ……なるほどな」

ガセルの視線がプラティナに向けられた。心の中まで見透かすような視線に、思わず目を伏せてしまう。

「……ふっ。まあいい。正直に言えば君たちにはギルドの専属薬師として働いてもらいたいと思っていた。だが、どうやら頷いてはくれないようだな」

「ああ。悪いが無理だな。俺たちは事情があって旅をしている。ここにとどまるわけにはいかない」

「そうか……まあ、そう言うとは思っていたよ」

積まれた革袋の一番上にあった袋を摑んだガセルが、それをアイゼンへと放り投げた。

「君たちへの正式な報酬はそれだ。胸を張って受け取ってくれたまえ」

「……感謝する」

「残念だよ。君たちとはいい仕事ができそうだったんだけど」

ガセルの横に座っていたセインが、本当に残念そうな顔で見つめてくる。

受け取った革袋を懐にしまっていたアイゼンはその呟きを視線で一蹴してしまう。プラティナは男たちのやりとりを困ったように見つめるばかりだ。

「そう言うなセイン。彼らには彼らの事情があるんだろう。そうだ、次の目的地はどこなんだ？　ベラの店で携帯食料を買い込んだと聞いたが」

「西を目指そうと思っている。そちら方面に向かう辻馬車はないか」

「なるほど西か……それならば二日に一度だが定期便が出ていたはずだ。帰りに受付で聞いてみるといい」

「助かる」

役立つ情報を手に入れ、プラティナとアイゼンはギルド会館をあとにした。

何かあればまた是非寄って欲しいと言ってくれたガセルたちに、プラティナは優しく微笑みかける。

きっとここに戻ってくることはもうない。

「いい人たちでしたね」

「そうだな。ギルドの人間にしては気さくな連中だった」

ちらりと見上げたアイゼンの横顔には何も迷いがないように見える。だが、プラティナの心は複雑だった。アイゼンはこの街に残り冒険者として過ごす方が幸せなのではないか、と。

「アイゼン、あの……」

「馬車は明日の朝に出る。今日中に旅の準備を済ませておくぞ」

当然のようにこの旅を続けるつもりの言葉に、胸がじんと痺れた。

この優しさに報いるためにも頑張らなければならない。

そんな決意を秘めながら、プラティナは歩き出したアイゼンのあとを追った。

二日ぶりに訪れたベラの店では、すでにアイゼンが水質汚染を改善したという情報を得ていたらしく大歓迎された。

アンバー用の食料を買いたいことや、水を保存できる瓶も欲しい旨を告げると、たくさんおまけしてくれた。

申し訳なく思っていたら、水源が元に戻ったおかげで水を買う必要がなくなったお礼だと微笑まれてしまう。

「本当に助かったよ。水を気軽に買える連中ばかりじゃないからね」

ベラの笑顔にこちらまで嬉しくなる。

（私、役に立てたのかな）

これまで言われるがままに使っていた力が、大勢の人を救った。その事実に、目の奥が少しだけつんと痛む。

ここ数日は感動することが多くて、心と身体が追いつかない。

得られた幸福や自由のおかげか、あんなに酷かった倦怠感や疲れはほとんど感じなくなっていた。

病は気からというが、もしかしたら、医者に告げられた時間よりも長く旅を続けられるかもしれない。

そんな期待が、プラティナの心で芽吹く。

「じゃあ、気をつけるんだよ」

店の外まで見送りに来てくれたベラに手を振り返しながら、アイゼンとプラティナは次の買い物に向かった。

そしてその先々で、二人はこの事態を収めた立役者として感謝されることになったのだった。

「アンタたちが噂の薬師さんかい！　ありがとうね」

「うちの子がずっと苦しんでたんだ。本当に助かったよ！」

「ほら、これもオマケしとくよ。持ってっておくれ！」

通りがかった店先で、どんどん荷物を渡されプラティナは恐縮しきりだった。

「あの、あのっ……」

まるで玩具《おもちゃ》の人形のようにぺこぺこと頭を下げることしかできない。

アイゼンはといえば、平気な顔をして品物を受け取りながら、ついでのように買い物をしていく。

「長旅になりそうなんだ。しばらく馬車に乗るんだが、なにか必要なものはあるか」

雑貨を取り扱っている店先で、アイゼンが店主に話しかけていた。

「そうだね……馬車にもよるがそのまま中で寝る日もあるから毛布なんてどうだい」

「ああ、じゃあ二つもらおうか」

「二つ？　一つでいいだろう。荷物にもなるし、寝る時は身体を寄せ合って眠った方があったかいぞ」

横で聞いていたプラティナは店主の言葉にうんうんと頷く。

いくら魔法収納袋があるとはいえ、荷物を増やすのはよくない。

「アイゼン、じゃあ」

「二つ、だ」

プラティナが口を出す前に、アイゼンは二本の指を店主へと突き出した。

「そうかい？　じゃあ、一枚の値段にサービスしとくよ。お客さんはこの街の恩人だからな」

フワフワと軽い毛布を受け取りながら、プラティナはくすぐったそうに首をすくめたのだった。

それからも細々としたものを買い揃え、再び宿屋へと向かう。

夕食は相変わらず美味しくて、今日が最後だと思うと切なくなった。食堂の主人に涙声で感謝を伝えれば「これからもしっかり食べるんだぞ！」と涙声で返されてしまったのだった。

夢も見ないほど熟睡して迎えた翌日。

支度を調え出立しようとしたプラティナたちに、宿屋の主人と食堂の主人がそれぞれ包みを手渡してくれた。

「これは紹介状だ。宿屋にも横の繋がりってもんがあってな。悪い客の情報は共有するし、いい客には特別なサービスを提供するようになってる。この先、別の街で宿屋を使うならここに書かれている宿を探すといい。きっと面倒を見てくれる」

「俺からは弁当だ。昼に食べてくれ。携帯食料ばっかりじゃ偏りが出るからな。とくに嬢ちゃんはしっかり食べてくれよな。そんなに細っこいままじゃぶっ倒れちまうぞ」

それぞれの優しさに胸が苦しくなった。

こんなに親切にされたことなどなかったから、どんな言葉を返してよいかわからずまごつく。

そんなプラティナの背を、アイゼンの大きな手が軽く叩く。

前を向け、と言われているような気がして顔を上げれば、見送ってくれる人たちの温かい眼差しに気がつくことができた。

「……ありがとうございます」

「いいってことよ」

「気をつけるんだぞ」

包みに込められたたくさんの想いを抱きしめ、プラティナは油断すれば緩みそうな涙腺を引き締めたのだった。

幕間　聖女のいなくなった国で　一

祈りの間は静寂に包まれていた。毎日のようにそこで祈りを捧げていた聖女はもういない。石壁はまるで死んだように冷え切っている。

「あの、プラティナ様はいつお戻りになるのでしょうか」

神殿の下級神官であるトムは、中級神官のエドに恐る恐る声をかけた。

エドはあからさまに舌打ちをすると、両眉を鋭角につり上げ声を荒らげる。

「知るか！　そんなこと俺が聞きたい！」

「ひぃ！」

怒りっぽいエドに声をかけたことを後悔しながらも、トムは勇気を奮い立たせて質問を続けた。

「プラティナ様は療養に行かれているだけなのですよね？　元気になったら戻ってこられるんですよね？」

「……そのはずだ」

自信がないのかエドの声は急に元気がなくなる。その態度にトムはがっくりと肩を落とした。

聖女プラティナが病気のため神殿から王城に住まいを移して一週間が過ぎた。

祈りの最中に突然倒れたプラティナに、神殿の神官や女官たちは上を下への大騒ぎだった。そのうちに医者が呼ばれ、騒ぎを聞きつけた王城の使者たちもやってきた。その中にはプラティナの妹姫であるメディもいて、これはとんでもないことになったのではないかとトムは真っ青になった。その予想は悲しくも当たってしまい、プラティナは療養のために神殿から王城に移送されることになった。慌ただしく運ばれていくプラティナに挨拶一つできなかったことをトムは今でも後悔している。だって、まさかこんなにも長く帰ってこないとは思っていなかったから。

「司祭様の話では長くて数日ということだったのに」

「あの人、何の役にも立たないじゃないですか……」

「うるさいっ！」

「ひっ！」

女王に同行して国を出ている神殿長の代理として神殿を統括している司祭は、王家が寄越してきた老いぼれだ。神殿の仕組みには酷く疎い。形だけの代表者である彼は、王家から言われたとおりに事務をこなすことしかしない。

プラティナが祈ることをやめてもう一週間だ。ひたひたと押し寄せる不安にトムだけではなくエドも顔色が悪くなっていた。

「そろそろ薬も作らなくては。信徒たちが押しかけてきますよ？」

「わかってる!!　だが、司祭代理もわからないというのだ！　仕方がないではないか!!」

「ひぃ！　僕に怒らないでくださいよ！」

「お前が余計なことを言うからだろうが！！！」

「うわあああん！」

怒鳴られたトムは涙目になりながら身体を縮こまらせる。

「とにかくプラティナ様がいない以上、あの薬はもう作れない。昔のように神官と女官を集めて薬を作らせろ。じゃないと大変な騒ぎになる」

「でも、僕たちが作った薬で大丈夫ですか？」

「……知るかっ」

吐き捨てるようなエドの言葉に、トムも鼻の頭に皺を寄せた。

「聖女代理様、薬を作れるんでしょうか」

聖女代理。それはプラティナが療養している間、聖女を務めることになった王女メディのことだ。

プラティナほどではないがメディにも聖なる力は宿っているらしく、彼女にも聖女の資格があると国が認めたのだった。女王と神殿長が揃って国を空けている今、正式に聖女に任命することはできないためあくまでも「代理」なのだ。

「馬鹿っ！　代理と呼ぶなとメディ殿下が言っていただろうが！　聞かれたらお前、ただでは済まされないぞ!!」

「ひいい！」

トムは慌てて己の口を押さえて辺りを見回す。

幸いなことに誰もいないと安心し、ほっと息を吐き出す。

聖女代理に収まったメディは毎朝神殿にやってはくるが、祈りの間に足を踏み入れたりはしない。神殿長の息子であるツィンの部屋に入り二人で仲睦まじく過ごすだけ。

本当に聖なる力があるのならば、朝のひと時だけでも祈って欲しいと他の神官たちが懇願したそうだが、メディは「代理なんだから仕事はしない」と言い切ったらしい。

そのくせ、周囲が「聖女代理様」と呼びかければ烈火のごとく怒り、ものを投げたり金切り声を上げたりと、うるさいのだ。

ツィンはそれを諌《いさ》めるどころか「メディは可愛いなぁ」と鼻の下を伸ばしっぱなし。

「このままじゃ大変なことになりますよ」

「わかってる。もう司祭じゃ話にならない。先ほど、上級神官様が神殿長様に伝令を出したらしい」

「そうなんですか！」

朗報にトムの表情が明るくなる。

厳格な神殿長は戒律に厳しい。きっとメディの横暴を諌めてくれるはずだ。

「とにかく、プラティナ様が戻るまでは俺たちがなんとかするしかない」

「そうですよね……」

プラティナのことを思い出すとトムの胸がしくしくと痛んだ。

幼い頃から神殿に閉じ込められ、祈り続けていたプラティナ。

その聖なる力でこの国を支えている尊い存在。

だが、トムが苦しいのはプラティナの不在のせいではない。

「どうしてみんなあの方を大事にしなかったんでしょうか」

プラティナが倒れたと聞いて、トムが真っ先に思ったのは「やっぱり」だった。

夏だろうが冬だろうが薄い祭服一枚で朝から晩まで祈りの間にいたプラティナ。食事さえ最低限のもので、彼女を気遣う者は誰もいない。否《いな》、誰も気遣ってはならないと厳命されていた。

「こんなことなら、王命に逆らってでもあの方に食事を届けておけばよかった」

こらえきれず目と声を涙で震わせるトムに、エドもまた長いため息を吐き出した。

「俺たちに何ができたっていうんだよ」

言葉は冷たいが、その声音にはトム同様に後悔が滲んでいるのがわかる。

「とにかく、今の俺たちにできることは、戻ってきたプラティナ様が気に病まないようにすることだけだ。とにかくやるしかないだろう。泣くな！」

「ふぁいっ！」

トムは半泣きでエドを追いかけた。

(大変なことにならなきゃいいけど)

拭いきれない不安で冷や汗が滲む。

そしてその不安は、すぐに的中することになった。


「どういうことだ!!」

調度品が震えそうな大声に、トムが身体を縮こまらせる。

神殿の一室。下級神官のエドと中級神官のトムが並んで立つ向かいにテーブルを挟んで座っているのは一人の大柄な男性。燃えるような赤毛に浅黒い肌。見上げるほどの長身とがっしりとした体《たい》軀《く》。その瞳はらんらんと怒りをたたえている。

「お、落ち着いてくださいベックさん」

「落ち着けるかぁ!!」

「ひえぇぇ」

今にも暴れ出しそうなベックにエドは情けない声を上げた。

そのやりとりに、トムが大げさにため息を零す。その態度は怯えるエドとは違い、どこか余裕すら感じさせる。

「どういうこともなにもありませんよギルドマスター。現在、聖女様は事情があって祈禱や調剤をしていないのです。故に、ギルドに薬を卸すことはできません。神殿としても困っているのです」

「困っているのはこちらも同じだ！　聖女様の薬がなければ大勢の冒険者が苦しむことになるんだぞ。神殿長は何を考えている」

どん、とテーブルを殴りつけたベックはギリギリと奥歯を嚙みしめる。

「神殿長は女王陛下に付き添って国外です。おそらく近日中には戻ります」

「くそっ……またか……!!」

「今、神官が総出で各種の薬を製造しております。完成し次第、ギルドに納品しますので」

「……その品質は、確かなんだろうな」

疑いの眼差しにエドは顔色を変えるが、トムはむしろ穏やかな笑みを浮かべている。

「さぁ？　私たちは古来より伝わる薬を粛々と作るのみですから。聖女様の加護を失った今、その薬がどれほどの効力を持つのかはわかりかねます」

「チッ！」

苛立たしげに舌打ちしたベックの額には青筋が立っていた。

王都のギルドマスターであるベックは、聖女が作る薬の高い効果に気がつき、数年前からかなりの量をギルドへ仕入れていたのだ。

大量の献金を積み上げ、ほぼ独占的に手に入れた薬はギルドの目玉商品だ。冒険者たちからも信頼されており、今更別のものを渡すなど考えられない。

聖女の作った薬は、その効果以上にお守りとしての価値もあった。持っているだけで危険な魔獣と遭遇する確率が下がるし、道に迷うことも減ったという。

最初はそんな眉唾な話があるかと疑っていたベックだったが、実際に聖女が精製した薬を持って出かけた依頼ではかなり救われた。以来、必ず一つは懐に忍ばせている。

「聖女様……プラティナ様はどうしたんだ」

聖女プラティナ。王女でありながらその身を神殿に捧げ、日々国民のために祈りを捧げる尊い存在。人前に出てくることは滅多にないが、冒険者はじめ国民からは厚く信頼されている。

ベックもまたプラティナに心酔している一人だったが、神殿の許しが得られず直接感謝を伝えたことは一度もなかった。

　祈禱も調剤もしていないなど、ここ数年で一度もなかった事態だ。その身に何か起こったのではないかという不安がこみ上げてくる。

「私どもからは申し上げられません。ただ、今神殿にはいない、としか」

「どちらにいる」

「……いるべきところ」

　言葉を濁しながらも隠す気はないらしいトムの口調に、ベックは片眉を上げた。

（いるべきところ？　城ということか）

　トムの横ではエドが死にそうな顔で狼狽えていた。その態度から、今とても良くないことが起きているとベックは経験から感じた。

（コレは調べる必要があるな）

　調べ物はギルドの専門分野だ。城にまで忍び込めそうな面子《メンツ》を頭に思い浮かべながら、ベックは静かに立ち上がった。

「わかった。聖女様がいないのであれば、仕方がない。だが薬は必要だ、急いでくれ」

「かしこまりました」

　深々と頭を下げるエドとトムを残し、ベックは神殿をあとにした。

「ノース。仕事だ」

「帰って早々なんですかいきなり」

王都のギルド会館。ギルドマスター専用の部屋に呼び出された冒険者のノースは、ベックの言葉に思い切り顔をしかめた。ふわふわとした茶色の髪にくりっとした目。一見すれば優しいお兄さんといった風貌の彼は、ギルドの諜報員だ。

「王城に忍び込んで聖女様にまつわる情報を集めて欲しい」

「え!?　聖女様について調べていいんですか！」

唐突な指示にノースが瞳を輝かせる。

「これまではずっとおさわり厳禁だったじゃないですか。どういう心境の変化です？」

人々から信頼を集め神殿にこもる聖女について知りたいという声は多く、ギルドにその調査依頼が入ることは少なくなかった。だがそれらは全てベックの一存で退けられていた。聖女に触れるな。それがこのギルドの掟の一つですらあったのに。

「状況が変わったんだ。どうやら聖女様が城に連れ戻されたらしい」

「マジっすか!?」

「ああ。神殿の奴ら、何も言わなかったが明らかに様子がおかしかった。今は代理で妹姫のメディ殿下が聖女代理を務めているそうだが……」

「メディ殿下ってあれでしょ？　ガキなのに男遊びばっかりしてるワガママ娘。あんなのが聖女だなんてマジですかぁ」

うげぇと舌を出しながらしっしと手を振る仕草をするノースに、ベックもまた疲れたように首を振る。

「本当のようだ。ノース、お前は聖女様がどうして城に連れ戻されたか調べろ。事と次第によってはギルドも動き方を変えなきゃならんかもしれん」

「そうですよねぇ……聖女様の薬をもらえないいんじゃ、このギルドは立ちゆかなくなりますし……あの女王サマの圧政下でも仕事を続けてこられたのも、聖女様がいたからでしょ？」

「…………」

ノースの指摘にベックがきつく目を閉じた。

国王の死後、女王レーガの治政となったシャンデは荒れる一方だ。ギルドに持ち込まれる依頼も血なまぐさいものが多く、冒険者たちを無駄に危険に晒すことが多くなってきた。かなりの数の冒険者が王都を離れ、今では少数しか残っていない。

なんとか持ちこたえられているのは、聖女様の薬と加護が込められた護符があるからだ。

「だから調べるんだ。もし聖女様に何ごとかが起こっているのならば助けなければ」

これまで目を背け続けてきた現実と向き合う日が来たのかもしれない。

そう思いながらベックは深くため息を吐いて目を開けた。

すでに目の前にノースはおらず、調査に出かけてしまったらしい。

「聖女様……」

ベックの呟きは部屋の中に静かに消えていった。

三章　最初の聖地

街外れの乗合い所から出た馬車に揺られる旅をはじめて二日目。

プラティナとアイゼンは鬱蒼とした森の前に立っていた。

アンバーはプラティナの肩に座って、警戒するように森を睨み付けていた。

「この森の奥に聖地が……」

「ああ」

最初の聖地、カーラドの谷。邪龍の前足と牙を封印したとされる祠《ほこら》がある場所だ。

出立の際に持たされた経文をその祠に納め、邪龍の封印に感謝の祈りを捧げることがプラティナに課せられた最初の役目である。

「馬車の御者にも聞いたがここ数年はろくに巡礼者もいないそうだ。以前は細いながらも聖地に向かう獣道があったそうだが、今はどうなっているか」

そう口にするアイゼンの顔はとても険しい。

プラティナもまた表情を曇らせた。

馬車に揺られている間、乗り合わせた乗客からいろいろな話を聞くことができた。

プラティナが神殿で暮らしていた十年の間に、シャンデはとても暮らしにくい国になってしまったそうだ。

以前のような国民に寄り添った政策は全てなくなり、街から街へ城門を越えて商品を運ぶだけでも重い関税がかけられるようになった。優遇されるのは、大きな商会や貴族ばかり。

かろうじて国が維持できているのは、王都以外の自治を領主に任せるという決まりがあるからだと教えてもらった。

女王レーガが領主に課す税金は年々跳ね上がっているらしいが、幸運なことにシャンデはここ数年間大きな天災や疫病にも見舞われず安定した暮らしができている。

そのおかげで地方の国民たちはなんとか困窮せずに済んでいると教えられ、プラティナは密かに胸をなで下ろした。

「まさか聖地までないがしろにされているとは知りませんでした」

プラティナの父が国王であった頃は、聖地巡礼は聖職者にとっていずれ目指すべき修行の最終目標だったはずだ。

巡礼を終えた神官が目を輝かせ役目を終えたことを報告に来ていたことを、ぼんやりとだが覚えている。

「私も元聖女としてしっかりと聖地を確認しなければ!」

「気合いを入れるのはいいが、絶対に無理はするな」

「はい！」

アイゼンの言葉にプラティナは元気よく頷く。だがその表情は興奮を隠し切れていない。

はぁと深いため息をついたアイゼンは前髪をかきあげながら森を見上げた。

「どこから入ったものか……以前は入り口があったそうだが」

「見当たりませんね。このまま入りますか？」

ためらいなく茂みの中に突き進もうとしたプラティナの首根っこを、アイゼンが鷲掴みして引き止める。

「君はどうしてそう向こう見ずなんだ。落ち着け」

「ご、ごめんなさい」

「あっちに小さな村があるそうだ。まずはそこで話を聞こう」

「はい！」

「それにずっと馬車に揺られていたんだ。少し休むぞ」

頼りになるアイゼンの言葉に頷きながら、プラティナはその背中を追いかける。

言葉通り、森から少し手前に小さな村があった。

入り口の近くにあった食堂に入り巡礼の旅に来たことを告げると、店の主らしい老人が驚いたと目を丸くする。

「巡礼者とは珍しい。いや、以前はよく来ていたんだ。だが、ここ数年はぱったりでなぁ」

プラティナとアイゼンを見比べながらうんうんと感慨深そうに頷きながら、老人はお茶を出してくれた。

簡単に食べられるものはないかと注文して出てきたのは山羊《やぎ》のミルクを練り込んで作ったというクッキーだった。素朴な甘さとほろりと崩れる歯ごたえが最高で、食べているだけで幸せな気持ちになる。

馬車に揺られた疲れがあっという間に飛んでいってしまった。

アンバーにも一口あげれば「きゅう！」と嬉しそうに食べていた。

「森に入るなら、ここから東回りに進んだところに今でも小さな入り口がある。素材の採取に行くこともあるから、中腹までは道もあるぞ」

「よかった」

道なき道をかき分けていかなければならないかと覚悟していただけに、教えられた情報に安堵する。

アイゼンも同じ気持ちだったようで、わずかながらもほっとした顔をしていた。

「ただ問題はその先でなぁ……」

老人が声のトーンを落とし、眉尻を下げながら腕を組む。

明らかに何かを案じている姿に胸騒ぎを覚える。

「なにかあるんですか？」

「実は妙な集落があってな。そいつらがあんたらに何かしてこなければいいが」

「妙な集落？」

プラティナとアイゼンは老人の言葉に顔を見合わせた。

二年ほど前に少し先の街で大きな火事があり、大勢の人が焼け出されたという悲惨な出来事があったらしい。

家を失った人々の一部が、森の奥にある広場に住み着き自給自足の生活をはじめた。

最初はこの村とも穏やかに交流を続けていたそうなのだが、ある日を境にぱったりと途絶えてしまったという。

「なんでも神殿に封じられた邪龍を信仰するようになったそうでな。よくわからん戒律を守って奇妙な生活を送っている」

「奇妙な生活？」

「肉を食べず森で採れた野菜だけで栄養をとったり、朝晩と決まった時間に祈ったり。その生活に嫌気がさして逃げてきた奴もいるほどでなぁ」

神殿の巫女《みこ》や神官のような厳格な暮らしぶりにプラティナは首を傾げる。

しかも祈る相手は邪龍だ。何を考えているのだろうか。

不穏な空気に、クッキーをかじっていたアンバーまでもが動きを止めてじっと老人を見ていた。

「連中だけで好きに生きてくれるならいいんだが、最近じゃ儂《わし》らにも同じ暮らしをしろと迫ってきて困っているんじゃ。逆らえば、邪龍の天罰が下るなんて脅してくることもあって、怯えておる者も少なくない」

どこか疲れた様子の老人の言葉にプラティナは胸を痛めた。

（信仰を盾に人を苦しめるなんて）

神殿の戒律も確かに厳しかったが、強制はしていなかった。

実際、神殿の門をくぐる人たちの大半はその場しのぎでいいから助けて欲しい人が多かったと思う。

だが別にそれでも構わないとプラティナは思っていたのに。

「とにかく、やっかいな連中がうろうろしている。気をつけるんだよ」

「ありがとうございます」

優しい老人の言葉にプラティナは素直に頷いたのだった。

食堂を出ると、それまで黙っていたアイゼンが短く唸った声が聞こえた。

「面倒だな」

「アイゼン様？」

顔を上げれば、顎に手を当て考え込むアイゼンの姿が目に入る。

細められた目がじっと地面を見つめていた。

「あの老人の話が本当なら、森に住み着いている連中は祠を信仰の基盤にしているはずだ。巡礼者である俺たちを近寄らせないかもしれない」

「ええ!?　それは困ります！」

旅の目的は自由を知ることだが、役目を放棄するつもりはない。

一応は聖女として神殿に勤めていたのだ。聖地が本来とは違う目的で使われていると聞いて放置しておくわけにはいかない。

「とにかく一度行ってみませんか？　話をすれば案外わかってもらえるかもしれません」

「……君がそう言うなら構わないが」

アイゼンはまだ不安そうだったが、プラティナの言葉に逆らうつもりはないらしく素直に頷いてくれた。

「まず森の入り口に行ってみよう」

「はい！」

老人の言葉通り、東回りに進むと小さな入り口が作られていた。

素材の採取に行く人たちが手入れしているのか、とくに廃《すた》れた様子はなく細い道が奥へと続いているのが見える。

「カーラドの谷まではここから歩いて一日半ほどだそうだ。その手前に妙な集落ができているらしい」

今夜は野宿になりそうだというアイゼンの言葉にプラティナは神妙な顔で頷く。

これまでは街の宿屋や馬車の中で寝泊まりをしていたので、完全な野宿ははじめてだ。

興奮と緊張を嚙みしめていると、大きな手がプラティナの背中を軽く叩いた。

「安心しろ。簡易なテントもある。無理なく進めば身体にもそう負担はかからないはずだ」

いつだってプラティナを気遣ってくれるアイゼンの言葉に胸が温かくなった。

ここに辿り着くまでも、何かと言えば体調を気にしてくれた。

王都を離れてから大きな発作に襲われることはなかったが、やはり体力不足なのは否めない。

はじめて馬車で夜を明かした翌朝は、身体がびっくりしたのか少し熱っぽく、思うように動かなかった。

他の乗客たちにも心配をかけてしまい申し訳なく思ったことを思い出す。

「私、気をつけますね」

「そうしてくれ」

決意も新たに森の中へと足を進める。

道は細く足場は悪かったが、歩けないほどではない。素材の採取に訪れる人たちのおかげか、最初の数時間は難なく進むことができた。

だが、ある程度奥へと進むと道に草や木が被さっており歩きにくくなってきた。

先を行くアイゼンがナイフで道を広げてくれてもこの状態ならば、一人で進むのはきっと困難だっただろう。

たぶん歩調もプラティナを案じてかなりゆっくり進んでくれている。

(本当に凄い人だなぁ)

大きくて広い背中を尊敬の念を込めて見つめれば、視線に気がついたのかアイゼンが軽く振り返って首を傾げた。

「腹でも減ったか」

「ち、違います!」

少し意地悪っぽく聞かれ慌てて否定するプラティナだったが、その肩に乗っていたアンバーが

「きゅう！」と大きく鳴いて空腹を訴えてきた。

確かに先ほどの村を出てから時間も経っているし休憩するタイミングなのかもしれない。

正直に言えば、少し疲れてきた。呼吸が乱れ始めたことに気づかれたらしい。

「もう少し頑張れ。おそらく川が近くにある。今日はそこで食事をとって休もう」

その言葉通り、ほんの数分でさっきまでの景色が嘘のように開けた場所に出た。

綺麗な川の傍にある砂利に腰を下ろしてほっと息を吐く。

「水を飲んで休憩していてくれ。チビ、プラティナから離れるなよ」

「ぎゅう！」

チビと呼ばれたアンバーが不服そうな鳴き声を上げた。

そのやりとりにプラティナは「ふふ」と小さく笑う。

アイゼンはアンバーのことをわざとなのか名前ではなく「チビ」と呼ぶ。アンバーはそれが気に食わないのか、呼ばれる度に不満そうに鳴いていた。

相性が悪いのかと最初は心配していたプラティナだったが、時々二人でくっついて過ごしていることもあるので仲が悪いわけではないのだろう。

「アイゼンはどこに？」

「食料を取ってくる」

「携帯食料なら鞄の中に……」

「ちょっとした腕慣らしだ。すぐに戻る」

言うが早いかアイゼンは再び森の中に消えていった。

その素早い動きにプラティナは目を丸くしながらも、アイゼンを信頼しているので大人しく指示に従うことにする。

川から水を汲み、浄化魔法をかけてから飲み干す。

冷たい水が喉に心地いい。アンバーは川に飛び込み水浴びをはじめた。

「アンバー、気をつけてね」

まれに水中に潜む魔物もいるというので、不安になって呼びかければ、アンバーは平気だとでも言うようにぎゅぎゅうと鳴き声を上げた。

そして。

「きゅううう！」

川から戻ってきて自慢げに鳴くアンバーの足下にはピチピチと跳ねる数匹の魚が。

どうやら先ほどの動きは水浴びではなく、狩りだったらしい。

「すごいわアンバー！」

まさか食料を取ってきてくれるとは思わず喜んでいると、背後の草むらがガサリと音を立てて揺れる。

驚いて振り返れば、右手に茶色の毛玉を抱えたアイゼンがのっそりと現れた。

「なんだ、チビは魚を捕ったのか」

「きゅう！」

「俺は肉だ。食事にするぞ」

アイゼンが持っていたのは毛玉ではなく小型の獣だったらしい。

この短時間に狩ってきたのかと驚けば、なんてことはないとでも言いたげに肩をすくめられてしまった。

「食料調達は旅の基本だからな。血抜きをしている間に火をおこそう。プラティナは水を汲んできてくれ」

魔法収納袋から手際よく道具を取り出すアイゼンに従い、鍋に水を汲む。

アイゼンは転がっていた石を組み立て簡易なかまどを作ると、いつ拾ってきたのか木の枝を組み合わせて火をおこした。

アンバーは一足先に魚にかじりつき食事をはじめている。

「ほあああ。凄いですね」

感嘆の声を上げたプラティナの視線はアイゼンの手元に注がれていた。

小さなナイフを使って魚の腹を開くと内臓を捨ててから傍で串焼きにし、血抜きをしていた獣の毛皮を剝ぎ内臓を取り出して穴を掘って埋めてゆく。その完全な手さばきは惚れ惚れするものがあった。

「怖くないのか？」

何が？　と視線で問えば、アイゼンもまた視線で自分の手元にある獣だった肉の塊を指した。

血で汚れたそれは確かに恐ろしげではあったが、不思議と嫌悪感は湧いてこない。

アイゼンの手つきに迷いがないせいかもしれない。

「……私は世間知らずですが、全ての食材が生き物だということは理解しているつもりです」

「そうか」

ナイフで一口大に切られた肉もまた、魚の横で串焼きにされはじめた。脂が溶ける香ばしい匂いが周囲に広がっていく。

肉の匂いに釣られたアンバーは骨付き肉をもらい嬉しそうに羽をばたつかせていた。

携帯食料の一つを開け、沸いたお湯に入れるとスープも完成した。

「うあぁ～！」

美味しそうに焼けた肉と魚に、思わずじゅるりと涎《よだれ》がこぼれてしまう。

慌てて口元を拭ったプラティナにアイゼンは小さく笑うと早く座れと促した。

「ほら。火傷《やけど》するなよ」

アイゼンが差し出してくれた肉にはすでに塩が振られており、見ているだけでほっぺたが落ちそうだ。

ふうふうと何度も息を吹きかけてからそっと嚙みつけば、これまで食べてきた肉とは全く違う味わいが口の中に広がった。

「んむ～～!!」

「旨いだろう。この獣は見た目こそ毛玉だが、花や果実が主食だから肉に生臭さがない。だから捌いてすぐに食べられるんだ」

「すごいですね。はふぃ、あいじぇんは、あんでも、知ってて」

「……いいから君は肉を食え」

感動を伝えようと食べながら喋ったら軽く怒られてしまった。

「君の体力のなさは栄養不足も原因だ。神殿では日光に当たる機会も少なかったようだし、なるべく新鮮な肉を食べて体力をつけろ」

咀嚼《そしゃく》しながら何度も頷けば、アイゼンが黒い目を細め小さく微笑む。

「汚れてるぞ」

伸びてきたアイゼンの手がプラティナの口元を優しく拭う。

どうやら肉汁が垂れてしまっていたらしい。

薄い皮膚を撫でる少しだけざらついた指先の感覚に、プラティナはうっすら頬を染めた。

「……っ、すまん」

「い、いいえ」

急に気まずくなった空気にいたたまれなくなり、プラティナは俯いたまままちびちびと肉を食べ続けることにした。

アイゼンもまた無言で肉に噛みつく。

「きゅう！」

アンバーだけが楽しそうに骨に残った生肉にかじり付いていた。

日が暮れる前にテントを設営し、野宿の準備を完了させることができたことに、アイゼンは内心ほっとしていた。

危険な気配はないが暗くなってからはなるべく行動を控える方がいいだろう。

保存できそうな食料を残し、食べかすなどは全て穴を掘って埋める。匂いに釣られて他の魔獣が来るのを防ぐためだ。

「いろいろと気を遣うんですね」

プラティナは感心した様子でアイゼンをあれこれと手伝ってくれる。

本音を言えばさっさと休んで欲しかったのだが、短い旅の間に、彼女がどれほど頑固なのかを思い知ったので、なるべく負担の少ない仕事を与えることで折り合いをつけた。

夜になり自分も見張りをすると言い張るプラティナをなんとかテントに押し込んだアイゼンは、火の前にどっかと腰を下ろす。

「まったく……何をやってるんだ俺は」

うっかり触れてしまった小さな唇の感触を思い出し、アイゼンは低く唸りながら頭を抱える。

プラティナと旅をはじめて数日。

彼女の持つ規格外の力には驚かされっぱなしだ。

城門で軽々と薬を量産してみせた時も驚いたが、傷ついた魔物を治療して、あまつさえ水に交じった呪いを簡単に浄化してしまった。あんなこと、並の聖職者にできることではない。

自分にかけられた呪いを解いた時も驚いたが、彼女が持つ力は空恐ろしいものがある。

「アレが無自覚だというのがまた困る」

自分の力がどれほどのものか自覚しておくことが、この世界を生きていくうえで一番大切なことだ。

過信せず驕《おご》らない。簡単なようでとても難しいが、それさえできていれば生き残る確率はぐっと上がる。

だがプラティナはずっと神殿に閉じ込められて生きてきた。自分の持つ力が、世の中においてどれほどの威力を持つのか知らない。おそらく他人と比べたこともないのだろう。

「神殿はなにをやってたんだ」

彼女の言葉を信じるならば、ほとんど修行僧のような過酷な状況で祈り続けるばかりだったという。

身体が弱って当然。彼女の余命がわずかなのは生来の身体の弱さだけが原因ではない。神殿がプラティナの命を削ったのだ。

ギリッと噛みしめた奥歯がきしむ音がした。

剣技大会に参加するためシャンデに入国した時、神殿に聖女がいるという噂は小耳に挟んだ。

だが、神など信じていないアイゼンは興味すら持たなかった。

（あの時、もし……いや、何を馬鹿なことを）

あの時存在を知っていたからといって何ができたというのだろうか。

アイゼンはただの流れの冒険者だったし、剣技大会で優勝し近衛騎士にされていた間は契約により行動を縛られていた。

たとえプラティナに出会いその窮状を知ったとしても何もできなかっただろう。

なにより、出会い方が異なればアイゼンはきっとプラティナに興味すら抱かなかったに違いない。

ぱちりと音を立てて炎が弾《はじ》けた。

思い立ってテントに近づき幕を上げれば、穏やかな寝息を立てているプラティナの姿が見えた。

子どものように背中を丸くして眠る姿はあどけなく、庇護欲がかきたてられる。何者からも守ってやりたいし、幸せになって欲しいと信じてもいない神に願いたくなった。

出会った時パサパサだった髪はここ数日間の食事と運動の影響かわずかに艶《つや》が戻ったし、顔色もずいぶん良くなったように思う。

だが、やはりどう考えても痩せすぎだ。

握ったら折れてしまいそうな腕が服の袖から覗く度に、もっと何か食べさせなければという焦燥感がこみ上げてくる。

（幸い、好き嫌いもないようだし、これからもなるべく肉を食わそう）

新鮮な肉は栄養価も高く消化もいい。加工された食品よりもずっと健康にいいはずだ。

焼きたての肉を幸せそうにほおばる姿を思い出すと、胸の奥がぎゅうっと絞られ、その場から走り出したくなる。

指先で触れてしまった口回りの皮膚は、同じ人間とは思えないほど柔らかかった。

思わずプラティナに触れた手をぎゅっと握り締める。

無防備に眠るプラティナの頭の傍には、鈍色の鱗に包まれた小さなトカゲが腹を出して眠っていた。

水源で聖域の力を借りて人を呪った不思議な魔獣。見たことも聞いたこともない姿形をしたそれは、希少種か突然変異か。こちらの話を理解できているようだし、知能はかなり高いのだろう。

瞳の色から琥珀《アンバー》と名付けられたそれは、プラティナにずいぶん懐いている。

竜種に属する魔獣は主を決めると一生を共にする習性がある。傷を癒やしてもらったことから、アンバーはプラティナを主と定めたのだろう。

(チビの世話を焼くっていう役目はずいぶんと性に合っているみたいだな)

人から囲われることに慣れきっていたプラティナはずいぶんと無防備だった。

人の悪意に疎く、善意を信じすぎている。

だが、アンバーという守るべきものを得たことで、周囲に気を配る必要が生まれた。

(いい方向に向けばいいが)

眠る一人と一匹の姿に、アイゼンは深くため息を零した。

テントを離れ、火の前に戻る。

(とにかく例の妙な集落をどうするかだ。こちらに危害を加えるならば排除すべきか……だが、プラティナは許さないだろうな)

一刻も早く最初の聖地の巡礼を終わらせたい。

そうすれば次の聖地に向かえる。

（あの近くには大きな港町があった。あそこならいい医者がいるはずだ）

最初に立ち寄った街には、怪我や簡単な病は癒やせても命に関わるほどの病を治療できるような医者はいなかった。

高名な医師にかかりたければ王都に行くというのがあの街の常識だったのだ。

下手な診断はプラティナにとって毒になる可能性もあると考え、あの街では医者にかからなかった。

港町にいるという噂の病に精通した名医ならば、彼女の命を脅かす原因を発見できるかもしれない。

そうなったら、この先もずっと一緒に――

（……俺は何を考えた？）

らしくない思考に陥りかけ、アイゼンは首を振る。

一人で生きると決めてから、仕事のためにパーティを組むことはあったが、せいぜい数ヶ月から一年の付き合いばかりだった。

どんな相手とも深く付き合わず、一線を引く。そういう生き方が一番性に合っているのだ。

相手に踏み込まない代わりに、こちらにも踏み込ませない。

それが自分を守るためにアイゼンが身につけた処世術だったのに。

旅立った時よりも元気になって嬉しそうに笑うプラティナの姿に、認めたくないが心が躍っている。

死なせないとは決めたが、それは傍にいる間だけのつもりだった。

なのに、親が子を守るような気持ちが拭いきれない。

叶うなら、ずっと見守っていたいとさえ考え始めてしまっていることが酷く落ち着かない。

（くそ……父親って柄じゃないだろ俺は。だいたい、そこまで年は離れていない）

馬鹿らしい、と頭を掻いてアイゼンは枯れ木をたき火に放り込んだ。

新しい燃料に火がわずかに勢いを増したのを見つめながら、重い息を吐きだしたのだった。

＊＊＊

爽快な気分で目を覚ましたプラティナは、外がすっかり明るくなっていることに気がついて短い悲鳴を上げた。

見張りを途中で交代するつもりだったのにと慌ててテントから転がり出れば、アイゼンは朝食の準備中だったらしく「おはよう」と静かに挨拶をされてしまった。

「ごめんなさい。まさか朝まで寝てしまうなんて」

「気にするな。俺は一晩寝ないくらいでどうにかなるような鍛え方はしてない。君はゆっくり休まなければ身体が持たないんだから無理をするな」

「はい」

言われてみればそのとおりなのだが、少しは役に立ちたかったと落ち込みながらアイゼンの横に腰を下ろす。

アンバーも大あくびをしながらテントから出てきて、当然のようにプラティナの膝に身体を落ち着けた。

朝食は携帯食料のパンとスープ。スープには昨日の肉が入っていて具だくさんだ。

寝起きの身体にしみわたる温かさにほぅと息を吐く。

「食事が終わったら出発だ」

「例の集落に行くんですね」

「ああ。できれば関わりたくないが……」

「大丈夫です。きっと話せばわかってもらえます。私たちは聖地に巡礼に来ただけなんですから」

「だといいが」

どこか気が重そうなアイゼンにプラティナは精一杯の笑顔を向ける。

きっとなんとかなる。そう信じて。

「この先は我らが聖域。何人たりとも近寄ることは許されません」

有無を言わさぬ口調でそう言い切られ、プラティナは困り果ててアイゼンへと視線を向ける。

その視線を受け止めたアイゼンは「それ見たことか」と言いたげに目を伏せ、小さく首を振ったのだった。

「私たちは祠に行きたいだけなんですが……」

「駄目だ」

「でも」

「駄目だと言っている」

この問答はかれこれ数分は続いているが、相手が折れる気配はない。

カーラドの谷を目の前にした森の外れ。老人が語っていたように小さな集落が築かれていた。木で作られた粗末な家と畑が点在しており、自給自足の生活をしているのがわかった。

集落の周囲は丁寧に手入れされており、色とりどりの花が咲いている。

住民たちは揃って灰色のローブを着ており、一目で同じ意思を持った集団だというのがわかる雰囲気。

彼らは突然森から現れたプラティナとアイゼンの姿に気がつくと大騒ぎし、なだめる声にも耳を貸さなかった。

そうこうしている間に何やら屈強な男たちを従えた神経質そうな男がやってきて、二人に対して「帰れ」と言い放ったのだった。

年の頃はアイゼンより少し上といったところだろうか。顔立ちは整っているが、落ちくぼんだ目元にはどこか疲れが滲んでいた。

「お願いです。私たちは怪しい者ではありません。王国から命を受けて聖地を巡礼しているだけなんです」

証拠だと身分証や経文を見せたが、反応は同じ。

途方に暮れるプラティナの横ではアイゼンが男をじっと睨み付けていた。

「国はこの祠を長年放置してきた。私たちが手入れをしていなければとっくに朽ち果ててしまっていたかもしれない」

「その点については感謝します。決してあなた方の領分を侵そうというわけではないのです。ただ、少しだけ礼拝させてもらえれば」

「駄目だ」

「うう……」

取り付く島のない態度にプラティナはだんだん疲れてきた。

大丈夫だと言ってしまったのに情けないと、アイゼンを見ることもできない。

「一つ聞きたい」

これまで黙っていたアイゼンが突然口を開いた。

男が、プラティナからアイゼンへと視線を動かす。

「なんだ」

「お前たちの目的は何なんだ？　祠を信仰するのは勝手だが、妙な集落を作って巡礼者を追い返すなど、場合によっては反逆行為ととられてもおかしくないぞ」

「……！」

脅しのような言葉に男の顔色が変わる。

背後に控えていた灰色のローブの住民たちも反逆という言葉にざわめく。

「は、反逆など大げさな。私たちはただここで祈りを捧げたいだけで……」

「ならばどうして祠に行かせない。隠しごとがあるんじゃないか？　聞けば、森の外にある村もお前たちの教義とやらに困っているようだったぞ」

「う、ぐ……」

アイゼンに詰め寄られ、男は不利を悟ったのか低く呻いた。

「わ、我らは龍の力を借りてこの地を浄化しているんだ！　これまで国は聖地をおろそかにしてきた。その罰が下ろうとしている。その証拠に、この森の一部は瘴気《しょうき》によって穢《けが》され始めているんだぞ！」

「なに……？」

アイゼンの片眉がつり上がる。

聞き捨てならない言葉にプラティナも息を呑んだ。

「瘴気ですって？」

思わず一歩前に出れば、アイゼンがおい、と慌てた声を上げた。

男もまたプラティナが前のめりになったことに驚いた様子だ。

「あ、ああ。祠の周辺は草が枯れて酷い状態だ。今は祠で教祖様が祈りを捧げて瘴気を抑えておられる」

「瘴気を……？」

「教祖だと？」

プラティナとアイゼンはそれぞれ違うところに引っかかりを感じ、男の言葉を繰り返した。

顔を見合わせた二人は彼らにくるりと背中を向けると、顔を寄せ合い声を潜めて密談をはじめた。

「おい。瘴気とはなんだ」

「大地を穢す呪いのようなものです。呪法や魔物によって引き起こされるものがほとんどですが……」

「ですが？　なんだ？」

「本当に瘴気が広がっているなら、何かしら気配がするはずなんです。でもこの大地一帯は見た限り清浄で」

「なるほどな」

「あの、ところで教祖ってなんです？」

「宗教の指導者……神殿で言うところの神殿長みたいなもんだな。こいつらのトップだろう」

「神殿長……でも、それなら余計におかしいです」

「何がだ」

「もし本当に祠の周りに瘴気が広がっているならば、普通の人間はそこで過ごせるはずがありません」

「……ふうん」

アイゼンが何か悪事を思いついたように歪な笑みを浮かべる。

間近でそれを見てしまったプラティナの心臓がドキリと大きな音を立てた。

「おい、お前たち」

再び住民たちに向き直ったアイゼンが大きな声を上げた。

その声量に男がびくりと身をすくませるのが見えた。

「その教祖とやらと話をさせろ」

「なっ、何だ急に」

「ふん。そいつのインチキを暴くためだ。瘴気？　笑わせるな」

「ちょ!?　アイゼン?!」

突然悪人のような口調で喋り始めたアイゼンにプラティナもぎょっとする。

慌てて袖を掴んで軽く引っ張るが、アイゼンは止まらない。

「コイツはただの巡礼者じゃない。聖女だ。瘴気が本当ならコイツが全部浄化できるぞ」

「!!」

薬師と弟子の設定はどこに消えたのだろうか。

男と住民たちの視線が一斉にプラティナに注がれ、いたたまれない気持ちになる。

「聖女だと……？」

「ええと……」

疑わしげな視線に困惑していれば、アイゼンが背中に手を置き「話を合わせろ」と囁きかけてきた。

どうやら考えがあるらしい。

「そうです、私が聖女です！」

こうなれば一か八かだと声を上げれば、住民たちから再び大きなざわめきが起きた。

自ら堂々と聖女と名乗るのははじめてで恥ずかしさに打ち震えるプラティナに対し、アイゼンは腕を組んで住民たちに自慢げな笑みを向けている。

「っ、聖女だから何だというのだ」

「聖女が直々に瘴気を浄化してやると言ってるんだ。どうして拒む必要がある？」

「ぐっ……」

男は青ざめた顔で額に汗を滲ませていた。

怯えるように一歩後ろに下がるも、住民たちがいることを思い出したのか、慌てて背筋を伸ばし取り繕おうとする。

住民たちもアイゼンの言葉に何かを察したのだろう。

先ほどまでのような敵対心だけではない何かをプラティナたちに見せはじめているのがわかる。

「た、たとえ聖女といえども教祖様が払えぬ汚れを浄化できるわけがない」

「じゃあ試させろ。もし駄目なら俺たちは黙って帰ってやるよ」

「え!?」

アイゼンの言葉に声を上げたのはプラティナだ。

ようやくここまで来たのに聖地巡礼を諦めなければならないのかと恨みがましい視線を向ければ、

アイゼンはちらりと何やら含みのある眼差しを向けてきた。

（……何か考えがある？）

ここでプラティナが騒ぐのは簡単だったが、口を挟むべきではないのかもしれない。

（信じていいのよね）

諦めたくないと願いを込めてアイゼンを見上げれば、その横顔に自信が満ちているのがわかった。

ここまで来れば乗るしかないと、プラティナはふんと鼻を鳴らし、アイゼンと共に住民たちと矢面に立つ男に視線を向ける。

「ぐっ……」

男は分の悪さを感じたのだろう。

ここでアイゼンの提案を断れば、住民たちにいらぬ疑いを抱かれてしまう。

数十秒の沈黙を経て、男が重い口を開いた。

「教祖様のもとに案内しよう」

葛藤と悔しさに塗《まみ》れた男の言葉に、アイゼンの口元が満足げにつり上がったのをプラティナは見逃さなかった。


「本来ならば祠には決められた日以外は近づくことを禁じられています」

神経質そうな男はリュッセルと名乗った。

苛立った口調から、リュッセルが本気でプラティナたちを疎ましく思っているのが伝わってくる。

カーラドの谷にある祠に向かうため、今は細い山道を歩いていた。

先頭はリュッセル、その後ろにプラティナとアイゼン、そしてそのさらに後ろには屈強な男たち。

先ほど集落でリュッセルの背後にいた彼らは、よく見ると集落の人々が着ているような灰色のローブは身にまとっていない。動きやすさ重視なのか、冒険者じみた格好だ。顔立ちもどこか荒っぽい雰囲気があり、信仰に殉じているとは思えない。

「今更王都の聖女など……いったいなんのつもりか……」

独り言のつもりなのかぶつぶつと呟くリュッセルの言葉はプラティナたちに丸聞こえだ。

心配になって隣を歩くアイゼンに目を向ければ、案の定、リュッセルを射殺さんばかりの鋭い視線をその背中に向けていた。

同時に、背後にいる男たちにも気を配っているのかピリピリとした空気をまとっている。

（私が我が儘を言ったから）

アイゼンは集落に関わることに消極的だった。

集落に近づかずに祠に回り込む方法もあると提案されたのだが、あの集落の人々が本気で祠を信仰の対象としているのならばそれを穢すような真似はしたくなかっただけなのに。

「アイゼン」

隣にいるアイゼンの袖をプラティナは指先で摘まんだ。

険しい表情から一変してぎょっとした顔になったアイゼンが「どうした？」と気遣わしげに声を

かけてくれる。

　こんな状況に陥っていても、アイゼンは変わらずプラティナを気遣ってくれているのがわかって、胸が苦しくなった。

「すみません、私のせいで」

「あ？　ああ、なんだ。気にするな」

「なんだ、って」

　どこか気の抜けた返事にじわりと身勝手な苛立ちがこみ上げる。

　こっちは申し訳なさで埋まりたい気分だというのに。

「体調が悪くなったわけじゃないならいい」

「でも……」

「心配するな。そう大したことにはならんさ」

　含みのある言葉と口元に浮かんだ笑みには自信が満ちており、プラティナの心を占めていた不安が少しだけ軽くなる。

　アイゼンに任せておけばきっと大丈夫。そんな根拠のない確信が胸を満たす。

「……歩きにくいから手は離してくれ」

「はっ！」

　指摘されプラティナは慌てて袖を摑んでいた指を離す。

　幼子みたいな自分の行動に顔を赤くしていると、アイゼンも小さく咳払いをした。

さっきまでの尖った空気が消えていることだけが救いだった。

再び前を向けば、一心に歩いているリュッセルの背中が見えた。

灰色のローブに身を包んだ彼は、何かに怒っているように見えた。

きっと聖地に近づこうとするプラティナたちに憤っているのだろう。

（でも、瘴気だなんて）

集落で語られた言葉は到底信じられるものではない。

瘴気とは呪いの最終形態だ。最初の街でアンバーの血が引き起こした呪いなどとは比べものにならない。

プラティナが本物の瘴気を見たのは、神殿にいた十年でたった一度きりだ。

神殿長が蒼白な顔で持ち込んだ巨大な箱。何重もの封印が施されたその箱に入っていたのは、今にも崩れ落ちそうなほど錆びたゴブレットだった。

祈りの間で箱から取り出された瞬間、そのゴブレットは瘴気を漂わせ周囲にあったものを腐らせはじめた。

「聖女様、早く浄化を！」

その時プラティナはまだ十二か十三だった。だからゴブレットが怖くて仕方がなかった。でも、早くなんとかしないといけない。恐怖を使命感で抑え付け、泣きながらゴブレットを浄化したのだった。

聖なる力によって瘴気から解き放たれたゴブレットは塵《ちり》と化し無に帰した。

それを見届けたプラティナは意識を失い、そのまま数日間寝込んだのだった。

（あのゴブレットは、没落した貴族が自分の一族を犠牲にして作り出した強大な呪いだった）

瘴気とはそれほどまでに強い呪いだ。

本当に存在しているのなら、もうその存在を感じ取れてもおかしくない。

だが、リュッセルがプラティナたちを導こうとしている先にはそんな気配はみじんもなかった。

森は生命に満ちあふれているし、動物たちだっているのがわかる。

なにより、プラティナの鞄でアンバーがのんきに眠っている。

アイゼンに教えてもらったが、竜種の魔獣は魔力に関わる気配に敏感なのだという。あの森で、聖域となった場所に逃げ込めたのもそのためだろう。

もし本当に瘴気を発するような呪いが近くにあるのならば、アンバーが何かしらの反応を見せてもおかしくはないはずなのに。

（いったい何が起きているの？）

アイゼンはなんとかなると言ったが、わき上がってくる不安は拭いきれなかった。

無言のまま歩き続け半刻ほど経つと、周囲の様子が変わり始めた。

地面から土が減り、森の木々がどんどん低くなっていく。

頬を撫でる空気に冷たい気配が交じり始めたことに気がつき目をこらせば、視界の先に白い壁が見えた。

「わ……」

白い壁に見えたそれは、真っ白な岩肌だった。

森を抜けた先に突然現れた真っ白な谷。縄と木で作られた吊り橋があり、その先にはその壁面に彫られた美しい祠が見えた。説明されなくてもわかる。それが聖地だと。

漏れ出てくる清浄な空気に身が引き締まる思いがする。

あそこに経文を納め、祈りを捧げる。それがプラティナに与えられた役目だ。

頬がじわりと熱を持ち、身体が感動に打ち震えるのがわかった。

だが。

「なんだこれは……」

驚愕したアイゼンの声にプラティナは我に返る。

彼の視線を追って視線を地面に落とせば、そこには信じられない光景が広がっていた。

「ひどい」

「これが瘴気だ」

どこか勝ち誇った声でプラティナたちの言葉を継いだのはリュッセルだった。

「見てみろ。王都が祠をないがしろにしたことで、龍神様がお怒りになったのだ。お前が本当に聖女だというのならば、この穢れをなんとかしてみせるんだな！」

「こんな、こんなことって……」

愕然とするプラティナたちが目にしたもの。

それは、痩せ細り草が枯れきった大地だった。先ほどまで歩いていた森の光景が嘘のようだった。

吊り橋を中心に、そこから半円を描くように広がっているのは、干からびた土と茶色くしなびた草しかない土地。まるでそこだけ別世界のように荒れており、命が尽き果てているのがわかる。

心臓が嫌な音を立てた。

「どうだ！　これでも瘴気が嘘だというのか！」

リュッセルが口角泡を飛ばして叫び声を上げる。

「この吊り橋は教祖様しか渡れない。この渓谷から瘴気が湧き上がっており、常人では耐えられん。瘴気を浴びて、谷に落ちた者もいるくらいだ」

「うそ……」

視線を向けた吊り橋にはなんの異変もないように感じられる。

だが、リュッセルの表情や態度は嘘を言っているように見えない。

「教祖様はその身を賭して私たちを守ってくださっている。炎に追われ、住まいをなくした私たちに声をかけ、この地に住まう道を示してくれた。お前たちに教祖様の祈りを邪魔させるわけにはいかない」

うつろな声で叫ぶリュッセルの態度に恐ろしいものを感じ、プラティナは一歩後ろに下がる。

怖い。それはこの大地やあるとされている瘴気への感情ではない。

目の前で叫ぶリュッセルという人間に対する恐怖だ。

「あ……」

逃げ出したい衝動に駆られたプラティナの肩を大きな手が摑んだのがわかった。

顔を上げれば、まっすぐにリュッセルを睨み付けるアイゼンがいた。

「安心しろプラティナ。君の本気、見せてやれ」

アイゼンの言葉にプラティナは視線を地面へと落とした。

（本気？　本気って言われても）

草が枯れ干からびた大地。ほんの数歩先にある青々とした森とは別物の異質な光景。

（でも瘴気じゃないのは間違いない）

穢れでないのならばこれはいったいなんなのか。

じわりと冷や汗が浮かぶが、肩を抱くアイゼンの大きな手のひらが大丈夫だとでも言うように力を込めたのが伝わってくる。

その感覚に心がスッと落ち着くのを感じた。

冷静な目で周囲をもう一度見回す。

リュッセルはこれを穢れと信じて疑っていないようだ。

だが、もしこの大地の有様が瘴気からくるものならば、そもそもこの場で会話などしていられない。あの吊り橋だってとっくに腐って落ちているだろう。

一部の土地だけを枯らす症状。原因が何なのかプラティナは必死に考えを巡らす。

そしてある一つの答えを思いついた。

「……この大地を元に戻せば、私が聖女だと信じてくれますか？」

「は？　ずいぶん大口を叩くな、やってみろよ」

プラティナの問いかけにリュッセルが口元を歪め、煽るような表情を浮かべた。

アイゼンに視線を向ければ、わかっているとでも言いたげに頷いてくれた。

「わかりました」

「なっ……」

その場にぺたりと座り込んだプラティナは地面に両手をつく。

手のひらに感じる大地から、わずかだが嫌な気配があった。枯れた草から漂う独特の匂い。

やっぱり。予感が確信に変わると同時に、プラティナは手のひらに聖なる力を込める。そして、毒に侵された人を助けるイメージで力を流し込んでいった。

「なぁっ!?」

リュッセルの悲鳴じみた驚嘆の声が響く。

大地に注ぎ込まれた聖なる力は、あっという間に枯れた土地を包み込み淡く輝かせていった。

そして見る見るうちに痩せた土地にみずみずしさが戻り枯れていた草がよみがえっていったのだった。

「そんな、まさか……」

「ふう」

祈りを終えたプラティナが立ち上がれば、先ほどまで死んでいた大地が森と変わらぬほどに復活していた。

完全に死に絶えていた草までは元に戻らなかったので少し寂しい雰囲気なのは否めないが、先ほどこまでのような荒れ果てた光景ではなくなった。

リュッセルをはじめ、屈強な男たちは口をあんぐり開けてプラティナを凝視している。

「な？　コイツは聖女様だろう？」

自慢げに胸を反らすアイゼンに、プラティナは少し責めるような視線を向けた。

そしてその袖を軽く引っ張り小声で囁きかける。

「どうして私が浄化できると思ったんですか？」

その問いかけにアイゼンはいたずらを思いついた子どものような笑みを浮かべた。

間近で見てしまった笑顔の威力に、プラティナは思わず「うっ」と声を詰まらせる。

「ああ、だってこれは毒薬だろう？　君なら浄化できると踏んだのさ」

全てをわかっていたらしいアイゼンは悪びれもせずそう返してきた。

そう。この大地の荒れ方は瘴気が原因ではない。おそらく大地を枯らす特殊な毒薬が原因だ。神殿時代、毒草が生い茂る土地をどうにかして欲しいという依頼を受けて草を枯らす薬を作ったことがあった。その薬とよく似た匂いが大地からは漂っていた。

原因がわかれば対処は簡単だ。聖なる力を込めて、大地に残っている毒薬を無効化すればいい。穢れや呪いを払うよりも簡単なことだ。同時に、植物の生長を促進する力を流しこめば解決だ。

「どうして毒だって」

わかったのか、と問いかけようとした言葉は大きな物音で遮られた。

何ごとかと顔を向ければ、リュッセルがまるで駄々っ子のようにその場で足を踏みならしていた。

「どうして……教祖様が何ヶ月も祈って改善しなかった穢れがどうして!!」

信じられないと呻く姿は哀れすら誘う。

ひとしきり暴れたリュッセルは肩で息をしながらうつろな視線をプラティナに向けてきた。

「あなたは、本当に聖女様なのですか？」

まるで憑き物が落ちたような顔だった。さきほどまで教祖を崇《あが》めていた時に見せた狂信的な光はなく、この状況を受け止めかねているだけなのがよくわかる。

「そうだ。彼女は間違いなく神殿の聖女だ。だからこそ祠に向かわせて欲しい。君だって教祖の負担を軽くしたいだろう？」

一歩前に出たアイゼンの言葉にリュッセルの表情が揺らいだのがわかった。

後一押し、そう感じられる。だが。

「あいにくだが、それはできねぇ話だ」

「ああ。あの祠には近寄らせねぇ」

ずっと背後にいた男たちがはじめて口を開いた。しかもずいぶんと乱暴な口調で。

「な、お前たち!?」

「リュッセル、しっかりしてくれよ。あんたは交渉ごとが得意なのを買われて教祖サマの伝言役になったはずだ。こんなに簡単に言いくるめられて納得しかけるなんて、信者失格だぜぇ」

嘲るような言葉を発したのは、男たちの中でもひときわ体格のいいリーダー格の男だ。

余裕の笑みを浮かべ腕を組んだその男は、じりじりとプラティナたちに近寄ってくる。

「しかしまさかこの土地を直しちまうなんてな。本物の聖女か。コレは使えそうだな」

「あなたたち、目的はなんなんですか！　土地を枯らす薬まで撒いて！」

「へぇ。これが薬だってわかったのか。さすがだな。おいお前ら、嬢ちゃんを捕まえろ。男は谷に突き落とせ」

「!!」

その言葉に男たちが一斉に動き出す。プラティナは咄嗟にアイゼンの前に立とうとした。アイゼンだけでも守らなければと。

「どいてろ」

だが、それよりも先にアイゼンに腰を引かれ後方に下がらせられる。

尻餅をつかないように体勢を整えるのが精一杯のプラティナの視界には、男たちに向かって走り出すアイゼンの大きな背中が見えた。

「アイゼン様！」

プラティナが手の届かない場所に移動させられたことに気がついた男たちは、まずはアイゼンを叩くことに決めたらしい。

全員が手に持っていた武器を一斉にアイゼンへと向ける。

細く長い剣を持った男が、真っ先にその切っ先を突き出した。

「遅いんだよ」

「ぎゃぁ！」

剣先を避《よ》けたアイゼンは、男の腕を掴み引き倒すとその剣を奪い取る。

そしてその剣で斧を振り上げていた男の手首を切りつけ、長い足でもう一人の男の腹部を蹴りつけた。

同時に地面に三人の男が倒れ込む。

残ったのはナイフを持った若い男と、リーダー格の男の二人だ。

「うぅ、うわぁぁ！」

若い男は情けない声を上げながらもアイゼンにナイフを振りかざす。だが、さらりとかわされ体勢を崩したところに背中に拳をたたき込まれ、音を立てて地面に沈んでしまった。

プラティナが数度瞬《まばた》きする間に終わってしまった。

「なっ……くそっ、お前何者だ！」

「俺か？　俺は旅の薬師さ」

「薬師だと？　馬鹿にしやがって」

リーダー格の男はずっと組んだままだった腕を解くとアイゼンに向かって身構えた。

アイゼンは手に持っていた剣を地面へと落とし、同じく身構える。

「覚悟しやがれ！」

「どっちが」

激高した様子でアイゼンに向かっていったリーダー格の男だったが、アイゼンはその間合いにひらりと入り込み、巨体を背中に担ぐようにして軽々と持ち上げてしまった。

「ぎゃぁ!!　おい、放せ！　放せ!!」

アイゼンに担がれ、無様にも暴れる男だったが、どう押さえ込んでいるのかアイゼンはまったく動じない。

体格差はかなりのものだというのに、表情一つ変えずに男を担ぎ上げている。

「さっきお前、なんつった？　男は谷へ、だっけ？」

「ひっ！」

情けない声を上げげた男の顔が青ざめる。対するアイゼンは、悪辣な笑みを浮かべゆっくりと谷間の方へ歩みを進めていた。

「や、やめてくれ！　許して、許してくれぇ！」

「やだね」

「わぁぁぁ！」

こうなってくるとどっちが悪者かわからない。

止めなければとプラティナがアイゼンの方に駆け寄ろうとした瞬間、ぎしりと何かが揺れる音が聞こえた。

「何の騒ぎですかな」

その場にそぐわぬ落ち着いた声に視線を向ければ、吊り橋の中心に一人の男性が立っていた。

プラティナより頭一つ小さい男性だった。

白いものが交じった髪に皺の刻まれた目元。穏やかそうな笑みをたたえた顔立ちには既視感があった。

（似てる。神殿長に）

かつてプラティナがいた神殿を統括する神殿長。婚約者だったツィンの父親。

よく見れば別人なのはわかる。髪や目の色が異なる、なにより体形が違う。神殿長は長身だったツィンの父親らしく、がっしりとした大きな体格をしていた。目の前に立たれると、恐怖すら感じたほどだ。

何かされたというわけではないが、いつだってプラティナを圧倒する存在感があった。

穏やかな笑みをたたえながらも、その瞳はいつだって冷たい光を宿したままで。

「……ティナ！　プラティナ！」

「はっ！」

アイゼンの呼びかけにプラティナは我に返る。

一瞬、神殿にいた頃の自分に引き戻されてしまっていた。それほどまでに、こちらを見ている男の雰囲気は神殿長にうり二つだったのだ。

「教祖様！」

リッチェルが声を上げ、その場に膝をついた。どうやらこの男こそが、先ほどまで話題に出ていた教祖らしい。

「リッチェルさん、ここには決められた日以外は近寄らぬように言いつけてあったはずですよ」

言葉遣いは穏やかだが、その声音には反論を許さない威圧的な色があった。

地面に膝をつき、祈りを捧げるように手を組んでいたリッチェルの顔色は蒼白だ。

「きょ、教祖様。実はこの者たちが……」

「ん？」

教祖の視線がまだ男を担ぎ上げたままのアイゼンに向けられる。

担がれたままの男が哀れっぽく「助けてくれぇ」と叫ぶと、その目がわずかに細くなった。

「そこの貴殿。申し訳ないが、あなたが担いでいるのは我が教団の大切な信徒です。どのような理由があるかは存じませんが、下ろしていただけますかな」

「断る。コイツは俺たちを襲おうとした。反撃したまでだ」

「なるほど……信徒の罪は私の罪。代わりに心よりお詫びしますので、どうか許してやってください」

教祖が深々と頭を下げた。

「アイゼン、私からもお願いします」

「チッ」

舌打ちを一つしたアイゼンは男の身体をドサリと地面に投げ捨てた。ちょっと嫌な音がして男が呻いたが、命に別状はなさそうだ。

叩きのめされた男たちはどうやら身動きが取れないらしく、累々と転がっている。

既視感のある光景に苦笑いしながらアイゼンを見れば、やはり呼吸一つ乱していない。ひょうひょうとした動きで男たちの武器を拾い上げては、谷底にためらいなく投げ捨てている。

「なにもそこまで……」

「君はもう少し危機感を持て。おい、俺はお前たちを許したわけでも警戒を解いたわけでもない。次に妙な動きをしたら、武器同様、谷に投げる。わかったか」

そう低い声で男たちを脅しつけたアイゼンは、ゆっくりとプラティナの横に戻ってきた。

まるで必ず守ると言われているような距離感に、一瞬だけ過去に引き戻されて萎んでいた気持ちがすぐに上向く。実際、守ろうとしてくれているのだろう。

「老いぼれの頼みを聞いてくださりありがとうございます」

「お前の頼みを聞いたわけじゃない。俺の聖女様が望んだからだ」

「……！」

俺の聖女様。突然の呼び方にプラティナは思わずアイゼンに視線を向けた。恥ずかしさに頬が熱くなる。

アイゼンは顔色一つ変えず、教祖を睨んだままだ。

「聖女、とおっしゃったか？」

「ああ。このプラティナは聖女様だ。この聖地に妙なヤカラが住み着いていると聞いて調査に来たんだよ」

そんな設定をいつ思いついたのか。

プラティナが困惑しきった視線でアイゼンと教祖を見比べる。

「妙とは心外ですな。私たちは捨てられた聖地を守り信仰を深めてきただけです」

「毒を撒いて大地を枯らしたのを瘴気だ穢れだと騒いで人間を従えているのが信仰とは恐れ入るぜ」

「なんのことですかな？」

「とぼけるな。こっちに来て足下を見てみろよ。お前が毒を撒いた大地は、聖女様がすっかり浄化しきった。聖女様曰く、この地には瘴気なんて欠片《かけら》も感じないそうだ」

「異なことをおっしゃる、そんなことが……なっ！」

吊り橋を渡りきりこちらに辿り着いた教組は、すっかり緑を取り戻した大地を見つめ驚愕の表情を浮かべた。

先ほどまでの余裕はどこに消えたのか、呆然とした顔でプラティナを見つめてくる。

「本物の聖女、だと」

「ええと……はい。聖女です」

二度目だからか先ほどのような羞恥心は湧いてこない。だが不躾な視線が落ち着かない。

「本当に何らかの瘴気があの祠から出ているのならばこの聖女様が浄化してやる。案内しろ」

「ぐ……い、如何に聖女様といえども危険ですから、そのような」

「聖女様は王都で女王の命を受けて聖地を巡礼している最中だ。貴様ごときがそれに逆らうのか」

「なっ、女王陛下が！」

教祖の表情が一変した。その傍にいたリッチェルもだ。

王都からそれなりに離れているとはいえ、ここはシャンデ王国内。女王の名前にはそれなりに効力があるのだろう。先ほどまでの威圧的な態度が嘘のように狼狽えている。

（もしかして最初からそうしていれば良かったのかも？）

プラティナの聖地巡礼は、正確には女王の命ではなくメディと宰相が決めたことだ。

女王レーガの名前を出すという考えは一切思い浮かばなかった。

「し、しかし女王陛下は聖地を見捨てられたと聞いております……その証拠に今日までここは放置されていて……」

教祖はまだプラティナたちを追い返すことを諦めていないらしい。

しどろもどろながらも、必死に反論を試みようとしているのがわかる。

「チッ、諦めの悪いジジィだな」

苛立ったアイゼンが一歩前に出た。

教祖はさすがというか表情は怯えていても逃げるような動きはしなかったが、リッチェルはひぃと引きつった悲鳴を上げて地面に座ったたままその場からあとずさりする。

「悪いが押し問答している時間が無駄だ。祠に行かせてもらうぞ」

「アイゼン？　きゃっ！」

言うが早いかアイゼンがひょいっとプラティナの身体を抱え上げた。

所謂《いわゆる》お姫様抱っこの状態だ。

「少し無理をする。俺がいいと言うまで鼻を摘まんで息をするなよ」

「えっ、ちょっと待ってくださっ……！」

制止の言葉を言い終わる前に走り出され、プラティナは指示通り鼻を摘まんで息を止めた。

目は閉じるべきなのかどうかわからなかったので開けたまま。だから、アイゼンがどうしようとしているのかがすぐにわかった。

プラティナを抱えたアイゼンは教祖たちの前を駆け抜け、吊り橋を渡り始めたのだ。

不安定な吊り橋を駆け抜けているというのに、ほとんど揺れを感じない。瞬きする度に祠が近くなっていく。

「おい！　待て！　お前ら!!」

「き、危険です、谷からは瘴気が!!」

叫ぶ声にプラティナはリッチェルが語っていた言葉を思い出した。

谷から湧き上がってくる瘴気。常人では耐えられないというそれを浴びて谷に落ちた者もいると。

（アイゼン！）

鼻と口を押さえたままの状態で見上げたアイゼンは、まっすぐ前だけ向いている。

吊り橋の中央にさしかかった瞬間、じわりと目に何かが染みたような感覚に襲われた。鼻を摘まんでいてもわかる刺激臭が周囲にたちこめている。

アイゼンの顔が苦痛に歪んだ。咄嗟に手を伸ばそうとしたプラティナに気がついたのか、身体を抱いていたアイゼンの手に力がこもる。

おそらくは何らかの毒物が撒かれているのだろう。だからアイゼンは鼻を摘まんで息をするなと言った。アイゼンもまた呼吸を止めているのが、色をなくすほどに引き結ばれた唇から見て取れた。

（あと少し……！）

せめてアイゼンの邪魔にならぬように身体を丸め、前を見る。

あとほんの少しで祠がある反対側の大地に足がつく。

「駄目だ！　許さんぞ!!」

背後から教祖の悲鳴のような声と何かがぶつりと切れる音が聞こえた。

ぐらりと足下がたわみ、身体が一瞬宙に浮く。

「縄を切りやがったな！」

「きゃあ！」

アイゼンが叫び、不安定な足下を蹴ってその場からジャンプする。

ぐらりと揺れた身体を支えるため、プラティナは鼻と口を押さえていた手を離しアイゼンの首に必死にしがみついた。

「アンバー!!」

「きゅう！」

衝撃でようやく目が覚めたのだろう。先ほどの騒動の間、ずっと鞄の中で眠っていたアンバーが飛び出してきて宙を舞う。

そしてアイゼンの肩を掴み、その小さな身体からは想像できない力で二人の身体を引き上げる。

「チビ！　そのままそっちに誘導しろ」

「きゅう！」

アイゼンの言葉に答えたアンバーは羽ばたく。

その動きに助けられ、宙に浮いていた二人の身体は谷間から離れて無事地面に着地した。

それとほぼ同時に縄の切れた吊り橋が歪な音を立てて谷へと落ちていった。

もしアンバーがいなかったら。

恐怖で真っ青になっているプラティナの肩を、アイゼンが摑む。

「プラティナ、大丈夫か！」

「え、あ、はい……」

教祖たちに相対していた時からは信じられないくらい弱り切った顔で覗きこまれ、プラティナは目をぱちくりさせた。

眉尻を下げ、凜々《りり》しい目を不安そうに揺らしている顔は、あまりにらしくなくて。

「フフ、大丈夫ですよ」

なんだか急にアイゼンのことが微笑ましく見えてプラティナは小さく笑った。

「ちょっとびっくりしただけです。なんともありません」

「すまない……まさか橋を壊すとは思わなかった」

谷の向こうを睨み付けるアイゼンの表情には怒りが滲んでいるのがわかる。

その頬がわずかに汚れていることに気がつき、プラティナはそっと手を伸ばして汚れを撫でた。

数回手のひらで撫でれば汚れはすぐに消えてなくなる。

「アイゼン、ありがとう」

頬に添えた手を離しお礼を言えば、アイゼンは「ああ」とか「うう」とか短い返事をしてすっと立ち上がり、そのままプラティナをその場に残しスタスタと祠の方に歩いていってしまう。

「？」

「きゅう？」

その場にぽつんと残されたプラティナが首を傾げれば、いつの間にか傍に来ていたアンバーがそれを真似るように首を傾げる。

いつまでも座り込んでいるわけにはいかないと、プラティナは立ち上がった。

吊り橋が落ちたことで繋がりが途絶えた谷向こうから、教祖たちが何か叫んでいるが、遠すぎてはっきりとは聞こえない。

ちらりと谷間を覗きこんでみれば、底が見えないほど深い。落ちていたらひとたまりもなかっただろう。

「プラティナ、こっちだ」

「はい！」

呼ばれてアイゼンを追いかければ、真っ白な柱がそびえ立った祠の入り口が目の前に現れた。

谷向こうから見た時にも感じたが、荘厳で清廉な空気をまとっている。瘴気の気配などなにもない。

「アイゼン、どうしてあれが毒だとわかったんですか？」

「ん？　ああ、似たような連中に昔会ったことがあってな。自分たちで毒をばらまいておいて薬を売りつける詐欺師のやり方によく似ていたんだ」

「まあ」

聞けば、かつてアイゼンが冒険者だった頃、小さな集落を根城にした妙な集団の討伐を依頼されたことがあったらしい。

蓋を開けてみれば今回と同じように貧困に喘《あえ》ぐ小さな集落で妙な信仰や教義を振りかざして住民たちを扇動し、危険な商売に手を染めさせ金を吸い上げていたのだという。

「あの集落の人たちも？」

「たぶんな。火事で住まいをなくした連中をそそのかしてあそこに住まわせたんだ。そしてこの祠を聖地扱いして、俺たちのような巡礼者から遠ざけさせていた。君も気がついただろう？　俺たちに襲いかかった連中はカタギじゃない」

アイゼンが叩きのめした男たちは、彼を谷に突き落としプラティナを捕まえると言っていた。口調も行動も迷いがなく手慣れていたことを思えば、きっとアイゼンの言うとおりなのだろう。

「でも、なんでそんなことを」

「まあ祠に入ってみればわかる」

先を行くアイゼンに連れられ祠に入れば、外と同じようにとても綺麗な場所だった。

入り口も大きかったが中もとても広い。おそらくは聖堂と思われる円形の空間は数十人の人間が入っても余裕だろう。

石壁をくりぬいて作ったとは思えないほど繊細な造形にプラティナは思わず息を呑む。魔法が使われているのか、窓もないのに煌々《こうこう》と明るく空気も澄み渡っている。

「すごい。ここが聖地なのですね」

聖堂の中央にはくりぬかれた石壁を使って作られたのであろう、真っ白な龍の像が飾ってあった。その瞳は宝石でも使われているのからんらんと輝いている。

伝承では邪龍とされているそれは白い見た目のせいか、全く恐ろしさを感じない。集落の人々が神聖視して崇めてしまう気持ちも少しだけわかるような気がして、プラティナは眉尻を下げた。

「きゅう！」

「こら、アンバー！」

プラティナの肩に止まっていたアンバーはひと鳴きすると、ひらりと舞い上がり龍の像の頭あたりに乗ってしまった。繊細な細工が壊れてしまうとプラティナは慌てるが、アンバーは興味津々という様子で龍の像に顔をこすりつけている。

竜種に属するアンバーには仲間に見えているのだろうか。

「アイゼン、アンバーが」

「放っておけ。あいつが乗ったくらいで壊れるような代物じゃないだろう」

慌てるプラティナとは反対にアイゼンはアンバーの行動を全く気にする様子がない。

それどころか、聖堂の中をぐるぐると歩き回り、壁を叩いてみたり、床を踏みならしたりしている。

「何をしているんですか？」

「あの教祖とやらは決められた日以外にここに人が近づくことを禁じた。わざわざ毒まで使ってだ。

つまりここに何か隠されているに違いない」

アイゼンについて回りながらなるほどとプラティナが深く頷いていると、彼の足がピタリと止まった。

その場の床を何度か強く踏みつけ、ゆっくりとしゃがみ込む。

「少し離れていろ」

腰から小さなナイフを取り出したアイゼンは、ためらいなくそれを振りかぶった。

美しい装飾の施された石のパネルを組み合わせている床の一角。パネルの縁に刃が突き刺さると、かぱりとまるでそうなることがわかっていたようにパネルの一枚が簡単に外れた。

「やっぱりな」

「なんですか……これ？」

パネルをどけると、そこには大人が二人ほど寝転がれそうな空間が作られていた。

聖堂の造りに比べればずいぶんと雑に作られたのがわかる。おそらく、この祠を作った人たちとは違う誰かがあとから床をくりぬいて作ったのだろう。

「貯蔵庫だな。奥に何かある」

外れたパネルから、アイゼンがするりと中に入り込む。

「ちょ、アイゼン!?」

「大丈夫だ。中にあったものを出すから受け取ってくれ」

「えっ、あっ！　はい！」

ひょいっと出てきたアイゼンの手が握っていたのは瓶だった。水を貯蔵しておく瓶より一回り小さく、プラティナの両手ですっぽりと包めてしまいそうなほど細い。濃い黒色硝子《ガラス》の瓶は見た目に反してずしりと重い。

結局、空間の中には数十本の同じ瓶が貯蔵されていた。

真っ白な空間に並ぶ黒い瓶。なんともちぐはぐな光景にプラティナは首を傾げる。

「これって……なんですか？」

アイゼンは瓶の一つを手に取ると、その蓋を開けた。独特の甘い匂いがふわりと鼻腔をくすぐる。なんだかとても嫌な気分になりプラティナが顔をしかめれば、アイゼンはすぐにそれに蓋をしてしまった。

「やっぱりだな」

「中身、わかるんですか？」

「ああ。この森に入った時からなんとなく予想はしていた」

瓶をじっと見つめるアイゼンの表情はどこか重く、中身について問いかけるのをためらってしまう。

なんとなく黙り込んでしまったせいで一瞬気まずい空気が流れたが、龍の像の上にいたアンバーが舞い戻ってきて甘えるようにすりついてきた。

そのおかげでその場の空気が少しだけ和らぐ。

「詳しい話はあとだ。連中がここに来る前に君は経文を納めて、礼拝を済ませろ」

「え？　でもさっき吊り橋は落ちたから」

「他に道はあるはずだ。じゃなきゃあんなに簡単に橋を落としたりしない」

「確かに」

アイゼンの言葉にはどれも説得力があって、プラティナは大きく頷くばかりだ。

それならばと急いで荷物から経文を取り出す。

（経文って……ようは聖句よね）

聖地の数に合わせて三つ用意されている経文の一つを開く。

プラティナが神殿で何度も読んだ聖句を綴った本に書かれていた、祈りを捧げる文言が書き写されている。

微妙に違う部分もあるが、聖地用に書き換えたと納得できる言葉ばかりだ。

「アンバー、アイゼンの傍にいて」

「きゅう？」

不満そうに首を傾げつつも、アンバーは素直にアイゼンの肩へと移動した。

一人と一匹が神妙な表情でこちらを見てくる姿はどこか似ていて微笑ましい。

「少し離れていてください」

アイゼンたちが壁際まで下がったのを見届け、プラティナは龍の像へと近づく。

聖句の書かれた経文を像の前にある台に広げると、その御前で膝をつき両手をしっかりと組み合わせた。

（なんだかとても久しぶり）

ほんの数週間前までは一日のほとんどをこうやって祈りに捧げていた。

あの日々がもう遠い昔のように思えてしまう。

「神よ――――」

プラティナはまるで歌うように聖句を読み上げていく。

身体の中からじわじわと聖なる力が吸い取られていくのがわかった。

（どうか人々が苦しむことがありませんように）

込める祈りはいつだって同じだ。人々の安寧と平和。みんなが穏やかに暮らせればいいと心から思っている。

でも、今のプラティナの心にはもう一つ別の願いがあった。聖女としてそれを祈っていいのかという迷いはあった。でも、祈らずにはいられない。

（この旅を最後まで終えることができますように。アイゼンとアンバーともっと一緒にいられますように）

自分にどれほどの時間が残されているのか。

考えたくはないが、いつか終わりは来るのだろう。それがほんの少しでもいいから延びて欲しい。

もう少しでいいから、一緒にいたい。

そんな切なる願いが届いたかのように、龍の像がプラティナの祈りに答え淡く発光をはじめた。

「っ……！」

ごっそりと力を奪われたのがわかった。

全身から汗が噴き出し、祈りの体勢を保っていられなくなる。

「プラティナ！」

「きゅう！」

アイゼンとアンバーの悲鳴のような声を背中で聞きながら、プラティナはその場に崩れ落ちるようにして意識を失ったのだった。


「……ナ！　プラティナ！」

身体を揺さぶられている感触。遠くから誰かが名前を呼ぶ声。

「え……」

「ああ、よかった……！」

重たい瞼を開ければ、目の前にアイゼンがいた。

背中を包む温かな感触に、プラティナは自分がアイゼンに抱きかかえられていることを理解して、じわりと顔を赤らめる。

「あの、アイゼン？」

「急に倒れるやつがあるか！」

「いや、急にというか……」

神殿で祈っている時にもよくあったことだ。聖なる祈りはとても力を使うため、調整を失敗すると気を失ってしまうことはままあった。神殿に入ったばかりの頃は気絶してばかりで、祈りの間で朝まで眠っていたこともある。

成長してからは力の放出を調整できるようになったこともあり、倒れるようなことはなくなった。身体が成長し力が強くなったからだと安心していたのに。

だが、結局は倒れてしまった。

振り返ればここ半年ほどは祈る度に疲れていたような気がする。

そんな身体の悲鳴から目をそらし続けた結果、とうとう余命宣告をされた日のことをプラティナはぼんやりと思い出していた。

「大丈夫ですよ。少し休めば良くなります」

「そんなわけがあるか。動くんじゃない」

「いや、本当に平気なんですって」

言いながらプラティナはひょいっと身体を起こした。

アイゼンの肩を借りて立ち上がり、軽く前屈をしたり反り返ってみたりと身体の感覚を確かめてみれば、祈りを捧げる前よりも全身が軽い。まるで羽でも生えたように手足が軽やかに動くし、世界が少しだけ明るく見えるような気がする。

ごっそりと奪われたはずの聖なる力が、今は逆に全身に満ち満ちている。

「なんなんでしょう、これ？」

「ありえないだろう……」

唖然とするアイゼンの言葉にプラティナもまた不思議でたまらないといった顔で首を傾げる。

「きゅうう～～！」

「わ、アンバー!?」

そんなプラティナの胸元に鈍色の固まりが飛び込んできた。鳴き声や色は間違いなくアンバーだ。

だが。

「あなた……なんだか大きくなってない？　成長したの？」

以前のアンバーはプラティナの両手で包み込めてしまうほどの大きさだった。

トカゲに羽根が生えた小さくて可愛い生き物。だが今のアンバーはどうだろう。プラティナの両腕でなんとか抱きしめられるくらいに大きくなっている。しかもそれだけではない。

「これって、ドラゴン、ですよね？」

「ああ……君が倒れた瞬間、コイツが大暴れしてな。そのうちに身体が光り出して、この姿になった」

そう言いながらアイゼンが見上げたのは聖堂の中心にある龍の像だ。

すらりとしたシャープな身体に鋭い鉤爪《かぎつめ》のついた手足。大きく凜々しい羽が伸びやかに広がっている。

「きゅう？」

今のアンバーは龍の像とほとんど同じ姿形だ。龍の像を小さくしたと言っても過言ではない。どこか愛嬌のある琥珀色の瞳はまったく同じだが、目元はわずかに鋭さを増し、顔立ちもどこか凛々しくなった。鳴き声も心なしか低くなったような気がする。

「アンバー、あなた大人になっちゃったの？」

まだほんの少ししか一緒にいなかったのに。小さくて可愛いアンバーがいなくなってしまった。愛しくて守ってあげるべき存在の突然の成長にプラティナはへにゃりと眉尻を下げる。

「きゅぅう～～！」

その表情にアンバーは慌てたように鳴き声を上げ、鼻先で必死にプラティナの頬を撫でる。まるで自分は変わってないよ、と訴えるような仕草は以前のアンバーと何も変わらない。

「アンバーったら」

どんなに姿形が変わろうとこの子はアンバーなのだ。そう思ったら、さみしさで弱りかけていた心が少しだけ軽くなる。

ちらりとアイゼンに視線を向ければ、どこか呆れたような顔をして肩をすくめられてしまった。

「竜種の成長は早いと聞いたことがある。主である君の危機にパニックを起こして急成長した可能性がないわけでもないが……」

何か言いたげな目がアンバーと龍の像を交互に見つめ、それからプラティナに据えられた。

まっすぐに見つめられ、少しだけ心臓が跳ね上がる。

「とにかく……無事でよかった」

吐き出すようなその一言に胸が締め付けられた。

きっとずいぶんと心配をかけてしまったのだろう。当然だ。余命わずかな人間が目の前で倒れれば誰だって慌てるに決まっている。

(分不相応なことを祈ってしまった罰があたったのかしら)

もっとアイゼンたちと一緒にいたい。そんな気持ちを邪龍に見透かされ、力を奪われたのだとしたら。

(でも、だとしたらこの身体の変化は何なのかしら?)

旅に出てから美味しい食事をとるようになったおかげか、ずいぶんと健康になったと思う。

それでもやはり夕方になれば全身がだるかったし、休み休みでなければ歩き続けることはできなかった。アイゼンが気にしてくれたおかげで大きな発作は起きなかったが、気を抜けばすぐに眠たくなってしまう。

でも、今の身体はちょっとくらい無理をしても大丈夫なのでは? と思うほど軽い。むしろ走り回ってみたい。そんな気持ちになってしまうほど、力が巡っているのがわかる。

「心配かけてごめんなさい。でも今は本当に平気なの。むしろ祈りを捧げる前よりも元気な気がする」

「そうだな。妙に顔色がいい。いったいどういうことだ?」

「もしかして……聖地巡礼には健康になる効能が!?」

「そんなわけあるか」

即座に突っ込まれてしまい、プラティナはそれもそうだと素直に頷く。

ならば他に原因があるだろうかと、龍の像を見上げる。するとある違和感に気がついた。

「像の色が少し変わってません？　ほら、目のところが」

「ああ？」

指で指し示せば、真っ白だったはずの龍はわずかにくすんでいるし、らんらんと光っているように見えた瞳も今はまったく輝いていない。

「確かに……変わっているな」

「もしかして、この土地が貯めていた聖力を受け取ってしまったのかも……！」

「聖力？」

「はい……その土地に流れる清浄な魔力のことです」

聖地となっている場所は清浄な力がとても強いからこそ聖地に選ばれたのだ。聖地でなら邪龍を封印しておくことができる。

だからこそ巡礼者たちは、聖地で祈りを捧げ、邪龍の封印の継続と国の安寧を祈る。

だが、聖地の巡礼にはもう一つの側面があった。聖地を巡礼することで聖女や神官は己の力を強化することもできるのだ。

「この龍の像が聖力を貯める依《よ》り代《しろ》だった？」

「依り代？」

「土地の力を貯めている貯金箱のようなものです。祈りを捧げることで、その依り代から力を分けてもらうことができると聞いたことがあります」

「……なるほど。ここ数年ほとんど巡礼者はいなかったとしたら……この像は限界いっぱいまで力を貯めていたことになるな」

「はい……」

それを全部プラティナが受け取ってしまっていたとしたら。

邪龍の封印にまで影響を及ぼしてしまったかもしれないという想像に血の気が引く。

「どうしましょうアイゼン。邪龍が……！」

「だが、さっきから何の変化もないぞ。妙な気配はあるのか？」

「……いいえ」

「じゃあ大丈夫だろう」

あっけらかんと言い切ったアイゼンの表情は落ち着いたものだ。

「これまで他の連中が巡礼をサボってくれたおかげでたっぷりと力を受け取れたんだ。運が良かったくらいに思っとけ」

「運が良かった？」

「ああ。少しは寿命も延びたかもしれないぞ」

少しだけ冗談めいた口調で言いながらも、アイゼンの瞳は真剣だった。

そんな考え方ができるとは思わず、プラティナは何度も目を瞬く。

アンバーもまたプラティナの腕の中でアイゼンに同調するようにきゅうきゅうと鳴いている。

「運が、よかった」

口に出すと不思議な気持ちがこみ上げてくる。

これまでの人生で自分が幸運だと思えたことなど一度もなかったように思うのに。

じわじわと胸に広がるこの感情はなんなのだろうか。

そわそわと落ち着かない気持ちで腕の中のアンバーとアイゼンを交互に見れば、どちらも優しい瞳でプラティナを見つめてくれていた。

「ふふ」

嬉しい。ああこれが幸せなのだとプラティナはその時はっきりと理解できた。

まだ彼らと一緒にいられる。祈りが届いたのかもしれない。フワフワと浮き上がりそうな気持ちに釣られて、頬が勝手に緩む。

「アイゼン」

あのね、と続けようとしたプラティナの言葉は不穏な物音によって遮られた。

何かを叫ぶ声と複数の足音。清廉な場所に似つかわしくない空気をまとった集団が、一気に聖堂になだれ込んできた。

「見つけたぞ!!」

その先頭に立っていたのは教祖だった。顔を真っ赤にして全身から汗を滴らせ、肩で息をしている。よほど急いでここに来たようだ。

「ずいぶんと早かったたな。年寄りにはキツかったんじゃないか」

「うるさい！　……っ！　貴様、それを見つけたのか」

教祖が指さしたのはアイゼンが見つけた貯蔵庫にあった瓶たちだ。

床に並べられたそれらを見て教祖は全身をわなわなと震わせる。先ほど、アイゼンに谷に落とされそうになった男も新しい武器を抱えてこちらを睨み付けていた。

「ああ、見つけたぜ」

アイゼンはそんな男たちを煽るように口の端をつり上げ、わざとらしく両手を広げて首を振ってみせた。

「しかしよく考えたもんだ。人が来ない聖地を使って麻薬の製造とはな」

「麻薬⁉　え、どういうことですか？」

「君も見ただろう、集落の周りに花畑があったのを。あれはソムニフェルムの花といって球根から強い依存性のある薬を作りだせる。飲んでいる間は強い快楽を生み出すが、効果が切れれば地獄のような苦しみを味わう。製造は禁止されているが、裏ではかなりの高値で取引されている代物だ」

「そんな……」

「おそらくだが、こいつらはこの森にソムニフェルムが自生していると知り、人を集めて栽培させることを思いついたんだろう。見た目は綺麗だが、あれの花粉は人間には毒で栽培には危険が伴う。火事で焼け出された住人たちを甘い言葉で集め花を育てさせ、この聖地で薬を製造。そんなところだろうな」

驚きすぎて、プラティナはうっかり腕の中のアンバーを落としてしまう。

地面に着地したアンバーは不満げに鳴きながらも、突然やってきた侵入者たちへと鋭い視線を向けて身構える。

「この森に入った時から妙だとは思っていた。この森にはやけにクローリクが多かったからな」

「クローリク？」

「昨日食べた毛玉だ。あいつらは花びらや果物しか食べない。だがこの森には果実を実らせる木はほとんど見当たらなかった。お前たちが育てた花を食って繁殖したんだろうな」

アイゼンが語る推理に唖然としたプラティナが教祖たちに視線を向ければ、それが真実だとわかるほど彼らの表情は蒼白だ。

「あの大地を枯らした毒は麻薬を精製する時に出た副産物ってところか。あの吊り橋にも薄くだが染みこませておいたんだろう。気化性の毒物なら、そこを通り抜ける時だけ息を止めていれば誤魔化せる。だが知らなければ吸い込んで気を失う……それを瘴気だなんだと勘違いさせていたんだろう。ずいぶんと手間のかかることをしたもんだ」

「くそ……お前、何者だ！　まさか王家が寄越した間者なのか！」

「まさか。俺は聖女様の護衛を兼ねた薬師だぜ」

「お前みたいな薬師がいてたまるか！」

叫んだのはやはりアイゼンに担ぎ上げられた男だ。プラティナの身体ほどある斧を振りあげ、まっすぐこちらに走ってくる。それを皮切りに他の男たちも武器を手に走り出す。

「アイゼン！」

「チビ、プラティナを連れて下がれ！」

「きゅう！」

息の合った一人と一匹が同時に動く。

アイゼンは向かってきた男が振り下ろした斧を避けると、再びその身体を軽々と抱え上げ、走ってくる男たちの方へと投げ飛ばした。嫌な音がして数名がその下敷きになり、投げ飛ばされた男も踏まれたカエルのようなうめき声を上げた。

アンバーはプラティナの背中に回ると、足で器用に服を掴み軽々と飛び立った。足が宙に浮き、プラティナは悲鳴を上げる。

「お、落ち……！」

谷に落ちかけた時はアイゼンに抱かれていたためここまでの浮遊感はなかった。成長前ですら二人を掴んで飛べたのだ。今のアンバーにしてみれば、プラティナ一人くらい掴んで飛ぶのは簡単なことなのだろう。危なげない動きでアンバーは、プラティナの身体を龍の像へと運んでしまった。

聖地の依り代に乗るという恐れ多い行為に気が遠くなりそうだったが、今はアイゼンの方が心配だ。

「アンバー。私は大丈夫だから、アイゼンを助けて」

「きゅう！」

アンバーは最初からそのつもりだったとでも言うように返事をすると、翼を広げて滑空していく。

大丈夫だろうかとアイゼンの方を見れば、また誰かの武器を奪ったらしく手に長い剣を握っている。

騎士だっただけあってその構えに隙はなく、彼を取り囲む男たちもじりじりと間合いをはかるにとどまっていた。だが明らかに数が多い。さすがのアイゼンも攻撃のタイミングを計りかねているのが見て取れる。

「きゅうう〜〜」

空からアイゼンを取り囲んでいる男たちに近づいたアンバーは甲高くひと鳴きすると、口を大きく開け、なんと青い炎を吐き出した。

「嘘!?」

「はぁ!?」

プラティナとアイゼンの声が重なる。

だがそれよりも驚いたのは男たちの方だろう。突然頭上から炎を吐きかけられ、逃げる暇さえなかった。髪や服が燃えはじめた彼らは哀れっぽい悲鳴を上げながら床を転がったり聖堂から逃げ出したりしていく。

呆気にとられていたアイゼンだったが炎に慌てふためく彼らの隙を突き、炎を免れた男たちをあっという間に叩きのめしてしまった。

時間にしてほんの数分。

今、聖堂に立っているのは教祖とアイゼンだけだ。アンバーは燃やす相手がいなくなったからか、プラティナの傍に舞い戻ってきていた。

「で、どうするよ教祖サマ」

ゆっくりと教祖に近づいていくアイゼンはまるで悪役のようだ。

教祖は悲鳴を上げ、床に尻餅をついた。

「すまない！　謝る！　謝るから許してくれぇぇ!!」

「俺に謝ってどうするんだよ。俺たちは襲われたから反撃したまでだ」

「何が望みだ！　頼む！　何でもするから命だけは!!」

「ったく、聞いてねぇな。おいジジィ、俺たちは別にお前らに危害を加えるつもりはない。最初に言ったように聖堂に用事があっただけだ」

「へ……」

恐怖に引きつった顔を涙と鼻水でぐしゃぐしゃにしていた教祖は、アイゼンの言葉に目を丸くして動きを止めた。

「ほ、本当か」

「ああ。本当さ。下手に抵抗せずにさっさと案内してくれればよかったのにな」

「では！」

「ま、俺たちが何もしなくてもあいつらはどうかな？」

どこか面白がるような口調のアイゼンが、何かを指し示すように軽く顎をしゃくった。

教祖はその動きを追ってゆっくりと振り返る。プラティナもまた、その方向に目を向けた。

「教祖様……これは、いったい……」

そこには愕然とした顔で立ち尽くすリッチェルをはじめとした集落の住人たちがいた。

アンバーによって地面に下ろされたプラティナは、アイゼンが男たちを縛り上げている間にリッチェルたちに事の次第を説明した。

最初はそんな話は信じられないと反発していた彼らだったが、ソムニフェルムの花に毒があるという説明に顔色を変える。

「では、やはりそうなのか……」

わずかに声を震わせたのはフードを被っていた老人だった。

老人がゆっくりとローブをはずすと、その顔には黒い斑点がいくつも浮き上がっていた。顔色も悪く、指先は酷く荒れていた。

「なんてひどい……！」

「ここで暮らすようになってから出た症状なんです。同じような病に苦しんでいる者もたくさんいて」

「教祖様はそれこそが瘴気の影響だと」

「祈りを捧げた薬を飲めば楽になります。ですが、やはりすぐに……」

「まさかあの花の毒だったなんて」

「ああ、子どもだっているというのに」

悲痛な彼らの言葉に胸が締め付けられた。

瘴気という言葉をどこまでも利用していたのだろう。

言いようのない怒りがこみ上げてくる。

「なるほどな。お前たちに死なれたら困るから定期的に解毒剤を与えていた、というところか」

仕事をやり終えたのか、肩を回しながらアイゼンが戻ってきた。

チラリと見れば、気を失った男たちと今にも死にそうに身体を震わせている教祖が聖堂の端に積み重なっている。

「花粉に含まれる毒は微量だが、摂取を続ければ死に至ると言われている。解毒剤も気休めだ」

その言葉に住民たちが悲鳴じみた声を上げた。

「なんてことだ……俺たちは騙されていたのか？」

「ここで静かに暮らせると信じていたのに」

涙交じりの声音にプラティナの胸が締め付けられる。

火事で住まいを失い、この森での静かな生活を選んだ人々を利用して。

「ひどい！　なんて酷いの！」

「おい！　落ち着け！」

身体を震わせ、プラティナは走り出した。

うつろな顔で何かを呟いている教祖の前に立ち、目を思い切りつり上げる。

「解毒剤を出しなさい！　今すぐに！」

「……ははっ。残念だが解毒剤は使い切ってしまってもうないのさ」

「なっ！　なら今から作ってください」

教祖はプラティナたちをあざ笑うようにひひっと気味の悪い笑みを浮かべた。

「嫌だね。誰が作るか！　解毒剤は俺にしか作れない。残念だったな聖女サマ!!」

「なっ……！」

「お前たちのしたことは結局そいつらを追い詰めたのさ！」

なんて卑怯《ひきょう》な言葉だろうか。

腹の奥が煮えたぎるような怒りを感じた。

これが人を憎むということなのだろうか。わななく身体にみなぎる感情をどこにぶつけたらいいのか。

「この……」

「落ち着け」

そんなプラティナの視界が急に暗闇に包まれた。温かく少しだけかさついた感触。

背中に触れたぬくもりとよく知っている香りに、それがアイゼンの手のひらだとすぐに理解する。

「お前は、そういう気持ちになるな」

優しい声に目の奥がツンと痛んだ。

喋ったら泣いてしまいそうで、プラティナは必死に唇を噛みしめる。

「教祖サマよぉ。てめぇは少し痛い目を見る必要があるな。チビ、燃やせ」

「きゅう！」

「ひ、ひぃぃ！！！」

ごうっという乾いた音がして教祖の悲鳴が響き渡る。

何が起こったのかとプラティナはアイゼンの手をどけようとしたが、びくともしない。

「アイゼン!?　何しているんです？　アイゼン！」

「君はいいからこっちに来い。君にしかできないことがあるだろう」

目隠しをされたまま軽々と抱えられどこかに連れていかれる。

背後からは情けない声が聞こえ続けていたが、結局何が起こっているのか見ることはできないまだ。

ようやく解放されたプラティナは再び住人たちの前に立っていた。

彼らは一様に沈んだ顔でその場に座り込んでいる。その中でもリッチェルの表情は悲痛なものだった。

「なんてことだ……これまで教祖様に仕えていた俺たちはいったい……」

一歩間違えば命を絶ってしまいそうなその姿に、プラティナは床に膝をついてその背中を優しく撫でる。

「あなたは何も悪くありません。悪いのは人を騙した彼らです」

「しかし……！」

「安心してください。私があなたたちを助けます」

力強く頷いたプラティナは立ち上がると、座り込んだ人々に向けて両手をかざした。

小さく息を吸い込み、彼らの身体に巣くう闇を払う光景をイメージする。

全身にみなぎる力がその解像度を上げていくのがわかった。

　フワフワと広がった白い光が人々の身体に溶け込んでいく。

　すると彼らの顔や身体にあった黒い斑点が消えていき、荒れていた肌も艶やかになり、その表情に精気がみなぎっていくのがわかった。

「こ、これは！」

「身体が軽い！　軽いぞ！」

　住民たちは一斉に立ち上がると灰色のローブを脱ぎ捨て、お互いの身体を確かめ合っている。

　すっかり健康になった仲間たちの姿に感動の声を上げて涙を流している人さえいた。

　聖女の祈りでどうやら毒素を浄化することに成功したらしい。

　達成感で胸がいっぱいになる。

「ふう……」

「大丈夫か？」

「はい！　こんなに力を使ったのに、ぜんぜん疲れていません！」

　心配そうな顔で問いかけてくるアイゼンに両手を振り上げ力こぶを作る真似をしてみせれば、その頬が少し緩む。

　きっと心配してくれたのだろう。

「……すまない。ずいぶん乱暴な手段を使ったから、無理をさせたな。本当にどこも苦しくないか？」

「そんな！　元は私が集落に行きたいと言ってしまったからで……」

「いや、俺が急ぎすぎたんだ」

悔いるようなアイゼンの言葉にプラティナは首を傾げる。

どうして、と。

聖地巡礼はプラティナの役目だ。自由を知りたいと旅をしたがったのもプラティナの我が儘なのに。

確かに振り返れば、集落に着いてからのアイゼンはいつもより少し強引だったような気がした。

何が彼をそうさせたのか。

(早く旅を終えたいのかな)

先ほどの戦いぶりは見事だった。教祖たちの悪事を暴いた知識や推理も素晴らしかった。

プラティナという存在がなければ、すぐにでも一人で身を立てることができるだろう。

(聖地はあと二つ。そうしたらきっと彼は私を気にせず自由になれる)

優しいアイゼンのためにも頑張らなければ。

素直にそう思いたいのに、少しだけ胸が痛い。

名状しがたい感情に胸をざわめかせていれば、アンバーがどこからかひらりと飛んできてアイゼンの肩に止まった。

その表情はどこか満足げだ。

「きゅう!」

「アンバー?　どうしたの?」

問いかければアンバーは鼻先を後ろに向ける。

身体を傾けてアイゼンの向こう岸を見れば、そこにはうっすらと肌を焦がした教祖と名乗っていた男がぐったりと倒れていた。

「まあ！」

哀れにも彼の髪は燃え尽き、丸い頭が晒されている。

アイゼンが燃やせと言ったのはどうやら教祖の髪だったらしい。

「よくやった」

「きゅう～！」

「もう……」

息の合ったアイゼンとアンバーの姿に、プラティナは微笑んだのだった。


それから、プラティナたちは祠の裏側に隠されていた通路を通り集落に戻った。

落ちてしまった吊り橋はアンバーがちぎれた縄を谷底から引き上げてきてくれたおかげで、早めに復旧できそうだった。もちろん、吊り橋に塗られた毒はプラティナが浄化したため誰かが被害を受けることはもうないだろう。

集落に戻ったリッチェルや住民たちは残って待っていた人々に教祖たちの悪行を暴露し、花が持つ毒性についても説明した。

パニック状態になった人もいたがプラティナなら癒やせると知り、なんとか落ち着きを取り戻したのだった。

「これからどうしたらいいと思いますか？」

集落の人々を浄化し終えたプラティナに、リッチェルが力なく問いかけてきた。

聞けば、彼は元々住んでいた街で今集落に住んでいる人たちをとりまとめる役職についていたらしい。どうにかして彼らを守りたい、助けたいと住まいを探している中であの教祖たちに声をかけられたということだった。

「最初は本当に何も問題はなかったんです。住まいを用意してくれて、ここであの花を育てながら龍に祈るだけでいいと言われて」

あの花は龍が好む花なので育てれば育てるだけ加護があると言われたそうだ。

もっとも、疑問に感じたことはあったらしい。教祖が連れ歩く男たちはどこか異質だったし、彼らは花には近寄らなかった。

だが暮らしは安定していたし、食事に困ることもなかった。祠付近の土地は枯れていたし、教祖の教えを破って吊り橋を渡ろうとして命を落とした者もいたが、静かに暮らしたいという願いが、彼らの思考を鈍らせてしまったのだろう。

「まさか麻薬の密造に関わっていたなんて……みんなにどう謝れば」

リッチェルが教祖を信頼し人々を危険に晒したことを心から悔やんでいるのが伝わってくる。

プラティナが浄化した住民の中には歩き始めたばかりの小さな子までいて、胸が痛かった。花粉がもたらす毒は風に乗って集落全体に広がっていたらしい。大地や水さえもその花粉に汚染され、ここ最近は野菜も育たなくなっていたという。

森の外にある村に教義を広げようとしたのは、人手を補うためだけではなく、安全な食料が欲しかったからなのだと教えられた。

「麻薬に関しては何も知らなかったのですから、気に病む必要はありません」

「ですが、きっと私たちは奇異の目で見られます。ここを追い出されたら、どこで暮らせばいいのでしょうか」

目を真っ赤にして訴えるリッチェルの向こうには集落の人々がいた。

居場所をなくすかもしれないという恐怖に怯える姿に、かつて神殿で祈り続けていた自分が重なりプラティナは目を細める。

「大事なのはこれからです」

プラティナはリッチェルの手を取った。

荒れた手から、彼もまた教祖に仕えながら花を育て身体を病んでいたのだろうことがわかった。

聖なる力を込め、その身体を癒やしながら優しく微笑みかける。

「人々は私が癒やしました。大地だって元に戻します。ですから、これからはどうか、みんなで幸せになれるように生きてください」

「うっ……」

ぼろぼろと涙をこぼしながらリッチェルがその場にうずくまる。

しっかりとプラティナの手を握ったその両手は小刻みに震えていた。

きっと何もかも良くなる。

そんな気持ちでプラティナが微笑んでいると、後ろから伸びてきた腕が腰に回ったのがわかった。

「おい、いつまで聖女様にしがみついてる気だ」

「アイゼン!?」

軽々とプラティナを抱えあげたアイゼンは、啞然とするリッチェルを残してスタスタと歩き始めた。

その場に残されたリッチェルは目を丸くして座り込んでいる。

「何ごとです!?」

「浄化にいい場所が見つかったんだよ」

どこかぶすっとした顔のアイゼンに言われ、ああ、とプラティナは小さく頷いた。

この集落はソムニフェルムの花に囲まれている。花粉の汚染はかなりの範囲に広がっているだろう。

「手っ取り早いのは花の根絶だ。チビに燃やさせてしまえばいいんじゃないか」

「そんなことしたら森の生態系が壊れてしまいますよ。それに球根が残っていたらまた次の季節に新しい花が咲くだけです」

アイゼンがプラティナを運んできたのは集落の外れだ。

ほんの少し高台になっているそこからは周囲の全てが見渡せた。遠くには聖地も見える。

ゆっくりと地面に下ろされたプラティナは、いい場所だと思いながら傍に膝をついた。両手を組み、静かに目を閉じる。

「本当に大丈夫なのか？　さっきまでかなりの人数を浄化してたじゃないか」

「ふふ。ええ、今はなんだか無敵な気分なんです」

「なんだそりゃ」

どこまでも優しいアイゼンの言葉に微笑みながら、ゆっくりと祈りを込める。

依り代から受け取った力はまだプラティナの中で大きく渦巻いていた。元々この土地に流れていた力だ。きっと元に戻りたがっているのかもしれない。

「神よ。どうかこの地に住まう人たちに長き安寧をお与えください」

祈りに応え、聖なる力が大地にしみわたっていくのがわかる。

これまで神殿で祈っていた時は身体から無理矢理力を剝ぎ取られているような心地だった。だが今は違う。

水をせき止めていた栓を外した時のように、流れに沿って力が抜け出ていく。

イメージするのは全ての毒が消え去った光景だ。

（みんなが幸せに暮らせますように）

そんなのは綺麗事だと誰かが笑う声が心の奥で響いた気がした。

酷い痛みが頭を締め付けるが、それを無視して祈り続ける。

「なんだ……これは」

祈りに応え大地全体が光り輝く。

風にそよいでいたソムニフェルムの花も淡く輝き、その姿をゆっくりと変えていった。

心地よい倦怠感に包まれながら、プラティナはゆっくりと目を開ける。

「わぁ……！」

そこに広がっていたのは純白の花畑に囲まれた集落の姿だ。

様々な色合いが特徴だったソムニフェルムの花は、形はそのままに白い花へと変貌していた。

「君……まさか花の毒性ごと消してしまったのか？」

「えっと、たぶん？」

そこまで想像していたわけではないが、あの花にだって罪はないのだ。願わくばこのまま美しく咲いていて欲しいし、集落の人々を守って欲しいと思った。

そんな願いが伝わって、あの姿に変わったのかもしれない。

「アイゼン、みんなにもう大丈夫だって言いに行きましょう。きっと喜びます」

「そうだな」

立ち上がろうとしたプラティナの手をアイゼンが掴み、引き上げてくれる。

そしてそのままここに連れてこられた時と同じように抱きかかえられてしまった。

「ちょ！　歩けますよ!?」

「あっちこっちでバタバタ倒れてるくせに。黙って運ばれとけ」

「もう……」

どこまで心配性なんだと苦笑いしながらも、プラティナは大人しく抱えられておくことにした。

みんなのもとに戻れば、一様に驚いた顔をして何をしたのかと詰め寄ってくる。

「あの花の毒は全て分解しました。これから咲く花にも毒はありませんし、球根から悪い薬が作られることもありません。大地も、もう大丈夫です」

そう伝えれば、リッチェルをはじめとした村の大人たちは声を上げて泣き、あろうことか「聖女様」とプラティナに手を合わせ始めた。

(私、もう聖女じゃないのに)

嘘をついていることを今更ながら思い出し冷や汗をかいてアイゼンを見れば、何故か彼はどこか満足げな笑みを浮かべていた。

元はと言えばアイゼンが彼らを納得させるために言い出したことだというのに。

ほんの少しだけ恨みがましい気持ちを込めた視線を向ければ、その口元がわずかに上がるのがわかった。

「聖女様はお疲れだから少し休ませる」

「ああ、もちろんです。休める場所に案内します。あの小屋をお使いください」

転がるようにやってきた老人に案内されその場を離れるまで人々の聖女コールが聞こえてきて、プラティナは耳を塞ぎたくなるのをこらえるのに必死だった。

いたたまれないやら恥ずかしいやらで頭を押さえていれば、アイゼンのかみ殺した笑い声が耳に届く。

「笑い事じゃないんですよ！」

「いいじゃねぇか。あいつらにとっては君は紛れもない聖女なんだから」

「もう……」

聖女であった十年間のことが不意に思い出された。

ずっと孤独で祈り続けた日々。関わる人たちはわずかにいたが、あんな風に涙を流して喜んでもらったことなどなかった。

胸の奥がくすぐったくて勝手に頬が緩む。

安心したからか瞼が重たくなってきた。

健康になったと錯覚したが、やはり力の使いすぎだったらしい。

抱えられて歩くとその振動がまるで子守歌のように身体に響く。

「プラティナ？　眠いのか？」

「はい……ふぁ……」

なんとかあくびをかみ殺してみるが、這い上がってくる眠気に勝てそうにない。

申し訳なく思いながら、抱きかかえてくれているアイゼンの胸に頭を預けた。

安心できる温かさとたくましさに体温がじわりと上がる。

瞼の重さに負けてとろとろと目を閉じながらも、せめて感謝を伝えたくて唇を動かす。

「アイゼン、あなたでよかった……ありがとう」

あの日、出会ったのがアイゼンじゃなかったら、きっとここまで来ることはできなかった。

「…………も……」

アイゼンが何か言った気がしたが、その言葉は聞き取れないままプラティナは静かに眠りに落ちたのだった。


幸せに溺れるみたいに眠りに落ちたプラティナを、用意されていた場所に寝かせたアイゼンは物音を立てないようにその場を離れた。

さっきまで腕に抱いていた感触を確かめるみたいに手のひらを何度も握ったり開いたりしながら外に出ると、案内の老人が驚いたように目を丸くしてアイゼンを凝視してきた。

「おや、従者殿もどこか具合が？　お休みになりますか？」

「は？」

「お顔が真っ赤ですぞ」

指摘され短く呻いたアイゼンはその場にしゃがみ込み、動きを止めてしまった。

その姿に住民たちが慌てて軽い騒ぎになったが、木の上で休んでいたアンバーだけは我関せずといった様子で大あくびをしていたのだった。


その後。

集落の人々は教祖を名乗っていた男たちを地域の警備隊に突き出した。

彼らは以前も同じような悪事を繰り返していた指名手配犯だったようで、全員が逮捕されることになった。集落の人々は男たちの被害者として処理され、お咎めなし。森の外にある村とも和解し、よい交流を保てるようになった。

ギルドからやってきた調査団がプラティナが浄化したソムニフェルムの花を調べたところ、本当に何の毒性も確認できず、それどころか球根からは季節性の流行病に効く成分が発見されたのだった。

白いソムニフェルムは『プェルムの花』と名付けられ、貴重な素材として扱われることが決まる。

そうして、森の中の集落はプェルムの花と聖地カーラドの谷を守る村として長く繁栄していったのだった。

幕間　聖女のいなくなった国で　二

「プラティナを、聖地に行かせたと？」

氷のように冷たい声音に、広間に集まった家臣たちの表情は凍り付いた。

国外に外遊に出ていたレーガが帰国し、不在の間の出来事を報告している最中のことだ。

大きな事件はなかったか、という問いかけに対し、家臣の一人がプラティナが巡礼の旅に出たことを報告したのだった。

その瞬間、レーガは動きを止め表情を険しくさせた。

一瞬で、場の空気が変わったのを誰もが感じていた。

「誰がそのような決断を下した？　妾《わらわ》が不在の間に、そのような、勝手な」

わなわなと拳を震わせレーガが玉座から立ち上がった。

黄金を糸にしたような豊かで豪奢な髪を結い上げた顔を彩るのは、碧玉《へきぎょく》のような大きな瞳と血のような赤い唇。陶器のように白い肌は滑らかで、子どもを産んだ女性とは思えないほどみずみずしい。

豊満な身体を包むのは唇と同じ深紅のドレス。たわわな胸元を惜しげもなく強調したデザインはレーガによく似合っていた。

背丈は並の女性と変わらないのに、そこに立っているだけで誰もがひれ伏してしまうような圧倒的な存在感を持った美女にして、この国の全てを牛耳る最高権力者、レーガ。

元はただの傍妃でありながら、正妃となり女王まで上り詰めた存在。

「お母様ごめんなさい。私が、私が悪いのですぅ」

緊張した空気を打ち破るような声と共に、瞳に涙をためたメディが両手で口元を押さえながら、レーガの前に姿を現した。

甘えを滲ませた視線で自分に甘い母親を見上げる姿はまるで小動物のようだ。

「お姉さまが余命わずかと宣告されたと知り、一刻も早く解放して差し上げたかったんですぅ。神殿での祈りは過酷でいらっしゃったでしょう？　ですから城にお招きしたんですが、信仰心の厚いお姉さまはその身を巡礼に捧げるとおっしゃって……」

つらつらと語られる物語を聞きながら、レーガはじっとメディを見下ろしていた。

その瞳には何の感情も宿っていないように見えた。

「そうか……ヴェルディ！」

「ここに」

レーガの呼びかけに答え、家臣たちの間を縫うようにして宰相であるヴェルディが姿を現す。

胸に手を当て軽く腰を折ったヴェルディにレーガは冷たい視線を向ける。

「どうして許可を出した。妾が戻ってくるまでどうしてプラティナを留め置かなかったのか」

「それは……」

「お許しください女王陛下！」

ヴェルディが口を開くより先に、その場にそぐわない明るい声が広間に響き渡った。

つかつかと軽い歩調でレーガの前に進み出たのは、神殿長の息子であるツィンだ。にこにこと人好きのする笑みを浮かべ、深々とレーガに頭を下げる。

「ツィン！」

メディは人目も憚《はばか》らずツィンへと駆け寄りその隣にぴたりとくっつく。

相思相愛であることを隠しもせずに寄り添う姿に、周囲の目が一瞬だけ厳しくなった。

「陛下。実はこれは私とメディが決めたことなのです。プラティナはずっと聖女として神殿に縛られていました。外の世界に憧れていた彼女の最後の願いをどうして断れるでしょうか」

「そうなのお母様！　だから私とツィンでヴェルディにお願いしたの。ヴェルディもお姉さまが望むならって！　ね！」

可愛らしく片目をつむってみせたメディに、ヴェルディは無言で頷く。

レーガはそのやりとりをじっと見つめながら、長い息を吐き出した。

「そうか……なるほど」

「安心してお母様。お姉さまの代わりは私がしっかりと務めるわ。聖女としてみんなに信仰される存在に……」

「誰か、メディを地下牢へ」

「!!」

レーガの言葉に広間の空気が凍り付く。

「おかあ、さま……?」

「聞こえなかったのか。衛兵！　メディを地下牢へ！　罪人として扱うよう看守に伝えなさい！」

「お母様!?　どうして!!」

戸惑いながらも衛兵たちがメディを拘束した。

その横にいたツィンは真っ青な顔でおろおろとその場に立ち尽くしている。

「へ、陛下!?　メディはあなたの娘なのに!?」

「娘だろうが何だろうが、妾の意思に背いた時点で逆賊だ。邪魔さえしなければと好きにさせていたのが徒《あだ》になるとはな」

「ひっ！」

レーガに睨まれたツィンはメディを助けることもせず、その場にへたり込んでしまった。

メディは必死にレーガやツィンを呼ぶが、衛兵たちは容赦なくその身体を広間から引きずり出してしまう。

「ツィンよ。お前はプラティナの婚約者だろう?　妾は言っておいたはずだ。あの子を絶対に手放すな、と」

「いや、それは、そのぉ……」

「大方、メディに唆《そそのか》されたのであろう痴《し》れ者が。妾は己《おの》が役割を果たせぬ愚鈍は大嫌いだ」

「ひ、ひぃぃ!!」

ヒールの音を響かせながら壇上を下りたレーガは、無様に座り込んだツィンの目の前までやってくると、冷ややかな視線と言葉で命じた。

「今すぐプラティナを追い、連れ帰ってこい」

「ですが」

「逆らうならば、メディと共に永遠に地下牢に繋いでやろうか!!」

「ヒィイイイッ！」

ツィンはレーガの一喝に悲鳴を上げ、その場から転がるように駆け出していった。

嵐が過ぎ去ったように静寂に包まれた広間の中心で、レーガは疲れ切ったような長いため息を吐き出す。

「妾が王都を離れている間に何というザマだ。ヴェルディ、この責任は重いと知れ」

「大変申し訳ありません」

「誰か、神殿長に使いを出せ。今すぐ妾のもとへ来るようにとな」

深く頭を下げたヴェルディに視線すら与えぬまま、レーガは広間を離れたのだった。

＊　＊　＊

血のように赤い絨毯が一面に敷かれた室内は、大きな窓から差し込む光で眩しいほど明るいのにどこか薄ら寒い空気が漂っていた。

部屋の奥。壁につけて置かれた巨大な黄金の椅子に座っているのは、シャンデを治める女王レーガであった。

その横に立つのは、冷たい表情をした宰相のヴェルディ。

そしてその正面に膝をつくのは、真っ白な神官服に身を包んだ初老の男だ。顔を真っ青にし、全身をぶるぶると震わせている。

「神殿長。貴様の息子はとんでもないことをしてくれたぞ」

「お詫びの言葉もございません陛下」

「まったく。たかだか病くらいで聖女を交代させ、追放するなど……ヴェルディ！　お前は何をしていた！」

レーガは己が持っていた扇をヴェルディへと投げつける。

ヴェルディの肩にぶつかったそれは重たい音を立てて絨毯に落ちた。

「申し訳ありません。メディ殿下がどうしてもプラティナ殿下を国外に出すと言って聞かず……外聞的に最も問題のない手段が巡礼ではないかという声が上がったので逆らえず」

ヴェルディの言葉にレーガは美しい顔をしかめ、わざとらしく長いため息をついた。

「あの子が王都の神殿を離れることそのものが問題なのだ！　わかっているのか！」

レーガが勢いよく立ち上がる。

美しい顔は怒りに染まり、目はつりあがっていた。

神殿長は引きつった悲鳴を上げ、その場に尻餅をついてしまう。

「陛下。お鎮まりください」

「ええい！　うるさいぞヴェルディ！　神殿長！　貴様の息子に責任を取らせるのだ！　今すぐプラティナを連れ戻せ！」

「し、しかし、プラティナ殿下が出立されてもう数日が過ぎております。それにどの聖地に最初に向かわれたかなど、我らには知る術《すべ》が……」

「そのような御託はよい！」

「ひっいい！」

恐怖におののいている神殿長は今にも気を失いそうだ。

「貴様は知っているはずだ。あの子の力が失われれば妾たちは終わりじゃ」

「ですが息子が言うには、プラティナ様はもう余命幾ばくもないと診断されたそうです。どのみち命を落とされるのであれば……」

「はは！　そのようなわけがあるまい。よほどのヤブ医者を摑まされたのだな」

真っ赤に塗った唇をつりあげ、レーガが艶然《えんぜん》と微笑む。

「あの神殿に施した術は、あの子の寿命までは奪いはしない。妾が少々力を使いすぎたのかもしれぬ。まだまだ働いてもらわねば困るのだ。あの子のような強い力を持つ聖女は他にはいない」

うっとりと語るレーガの瞳はどこか遠くを見ていた。

その横顔をヴェルディが感情の読めない瞳で見つめている。

「神殿長。妾は言っておいたはずだ。貴様の息子と結婚すれば、さらに強い力を持った聖女を産んでくれるはずだと。何故息子にしかと言い含めておかなかった」

「ツィンにはしっかりと言っておいたのです。王女殿下と結婚するのが役目だと！」

「ははあん……貴様の愚鈍な息子は王女ならばよいと考えたわけだ。まったく、使えぬにも程がある」

レーガは床に落ちている扇を踏みしめると、そのまま体重をかけてバキリと折ってしまった。

黄金で作られ宝石で彩られた扇が、無残にも踏み潰されていく。

「貴様もこうなりたいか？」

「め、めっそうもない!!」

「ならば今すぐに息子を出発させよ。プラティナを神殿に連れ戻すのだ！」

「はいぃぃいっ！」

レーガの恫喝《どうかつ》に神殿長は転がるように部屋を出ていった。

それを見送ったヴェルディも続いて部屋を出ようとするが、レーガに呼び止められる。

「ヴェルディ。お前は本当に何も知らぬのだな？」

「何をでしょう？」

探るようなレーガの視線にヴェルディは眉一つ動かさない。

濁った色に染まった瞳をじっと見つめていたレーガは、ふん、と小さく鼻を鳴らす。

「まあよい。どのみちお前には何もできぬ。下がれ」

「はい」

静かに一礼したヴェルディを見送り、部屋に一人になったレーガは億劫《おっくう》そうに椅子に座り直した。

美しく染められた爪に歯を立てながら、苛立たしげに眉根を寄せる。

「まったく。まさかよりにもよって聖地巡礼だと？　もしあの子が封印の仕組みに気がついたら……」

先ほどまでは強気だった表情が不安げに歪む。

ガリガリと噛みしめられた爪がぼろぼろになるが、レーガは止まらない。

「まだわずかだがあの子の力は残っている。力が尽きる前に、なんとしてでも連れ戻さなければ……でなければ妾は……」

ぶつぶつと呟くレーガの瞳はここではないどこかを見ているようにうつろだった。


（なんだあれ。超やばくない？）

天井から一部始終を見ていたノースはわざとらしく自分の両肩を抱いて身震いすると、静かにその場を離れた。

王城のあちこちに張り巡らされた結界魔法を器用に避けながら、慣れた足取りで外へと出る。

（いやぁ。コレは想像した以上だって。ギルドマスター、キレるだろうなあ）

先ほどの会話を思い出し、ノースはしばらく考え込む。

ギルドマスターであるベックの指示を受けたノースは、聖女プラティナの行方を追っていた。

神殿で聞き込みをしてみれば、どうも祈りを捧げている最中に倒れ余命幾ばくもないと診断されていたことがわかった。

城に連れ帰られたのもその治療のためだったのかと踏んで、様子を見に来てみれば、なんとプラティナは聖地巡礼という名の下に追放された後。

護衛をつけて旅立ったようではあるが、その素性はメディの近衛騎士上がりの男らしく、プラティナの味方とは限らない。

（聖女様に何かあったら、その男、ただじゃすまねぇぞ）

いつもはひょうひょうとした笑みを浮かべているノースの表情がわずかに険を帯びた。

ノースもまた聖女が作った薬に救われた身だ。

王都のギルドという激務の場所にい続けているのも、プラティナがいる神殿をいつでも守れるからという青臭い理由だったりする。

だが、それはノースだけではない。ギルドマスターであるベックや他の冒険者たちもきっと同じように思っている。

平和な王国シャンデ。その正当な後継者である王女プラティナ。そのうえ聖なる力を持った聖女として幼い頃から神殿で祈り続け、効果の高い薬を生み出し続けてきた存在。

レーガの手前、表立って褒め称える者は少ないが、慕っている者は実はとても多い。

そのプラティナが余命わずか、しかも巡礼の旅に出されたとなれば大騒ぎになるのは目に見えている。

（でも、なんか妙なんだよな）

以前にもノースはこっそりとプラティナについて調べようとしたことがある。

神秘の聖女様がどんな顔をしているのか興味があったのだ。

だが、できなかった。

神殿には強固な結界が張られており、プラティナが祈る聖堂には近づくこともできなかったし、王城にだって侵入できなかったのに。

（結界魔法が弱くなってやがる）

レーガの居室の上まで侵入できたのもそのおかげだ。

本来ならばノースの隠匿魔法などすぐに弾かれて気配がバレているはずなのに。

レーガが口にしていた言葉も気になる。

「これはもうちょっと詳しく調べる必要があるな。その前にギルドマスターに報告して、聖女様を捜してもらわなきゃ」

間違ってもあの馬鹿《神殿長の息子》に先を越されるわけにはいかない。

ぺろりと唇を舐めたノースは音も立てずにその場から姿を消した。

四章　自覚と無自覚

優しい風の匂いが漂う平原をプラティナとアイゼンはゆっくりと歩いていた。

その頭上ではアンバーがくるくると回りながら空中遊泳を楽しんでいる。

大きくなりすぎたこともあり、プラティナの鞄に収まらなくなったアンバーは、呼びかけない限りは一人で気ままに飛んでいることが増えた。

首にはギルドで作ってもらった首輪がついているため、危険な目に遭うこともないだろう。

「そろそろ休むか？」

「まだ大丈夫ですよ。少し前に休んだばかりじゃないですか」

「そうか……」

どこか落ち着かない様子で目をそらすアイゼンに、プラティナは密かにため息をつく。

最初の聖地で無事に経文を納め、集落に暮らす人々を救ったあとからどうもアイゼンの態度がおかしいのだ。

過保護なほどにプラティナの体調を気にしてくるくせに、返事をしたり話しかけたりすると目をそらす。近づくと一定の距離を取られるし、時々妙に口数が少なくなる。

（やっぱりもう迷惑なのかな）

巡礼の旅を始めてそろそろ半月といったところだろうか。

過酷と聞いていた巡礼の旅だが、旅慣れしているアイゼンのおかげかプラティナはそこまで身体に負荷を感じていなかった。

カーラドの谷を出たあと、かつて巡礼者で賑《にぎ》わっていたという宿場町に立ち寄って話を聞けたのだが、巡礼の旅が過酷だと言われている一番の理由は巡礼者のほとんどが神殿から出たことがない神官たちだったからというのが最も真実に近いらしい。

とにかくみんな一刻も早く聖地に向かおうとして無理な行程を組む上に、修行なので粗食に耐えようとして身体を壊すのだとか。

「神殿の人間ていうのはみんな馬鹿なのか」

一緒に話を聞いていたアイゼンのもっともな呟きに、プラティナは思わず頷きそうになったくらいだ。

実際、プラティナもアイゼンが一緒にいなければ過酷な旅をしていたかもしれない。聖地に行くのだから、馬車に乗ったりお肉を食べたりするのは違うのではないか、と。

「馬鹿か。無茶をして身体を壊すのが一番愚かなことだ。自分の身体以上に価値があるものなんてない」

冷静な言葉に、プラティナは目が覚めた気分だった。

かつて神殿でつらい思いをしながら祈り続けてきた日々でどれほど自分がすり減っていたのか、

ようやく気づけた気分だった。

それはアイゼンがいつだってプラティナを最優先して動いてくれているからだろう。

こんなに大事にされたのは初めてかもしれないと思うくらいに気遣ってくれている。

(アイゼンは本当にいい人よね)

最近様子がおかしいのも、プラティナの世話をするのに嫌気がさしているからではないかと少しだけ不安に思っている。

だが、不意に向けられる視線や声音は相変わらず優しげで、どう受け止めていいのかよくわからない。

(何かあったの、って聞くのも不自然だしな)

うーんと心の中で唸っていれば、視界に影が差したのがわかった。

「どうした。なにかあったのか」

「わ！」

真正面に現れたアイゼンの顔に、プラティナは思わず声を上げながら目を丸くする。油断すればぶつかってしまいそうなくらい近くで見てしまった顔は、びっくりするほど整っていて、心臓がぎゅん、と変な音を立てた。

「考えごとか？」

「へ？　あ、はい。その、次の聖地はどんなのかなぁって」

なぜだかうまく喋れずしどろもどろになりながら答えれば、アイゼンは納得してくれたのか頷きながら前へと視線を戻した。

「セルティの孤島だな」

「この先の運河から定期船が出てるラナルトの港町にあるんですよね」

「そうらしいな……」

そこで言葉を切ったアイゼンの表情に少しだけ険しいものが交じる。

カーラドの谷を出立してもう数日が過ぎた。乗合馬車や辻馬車を利用して最寄りの村に立ち寄ったのが二日前。

この平原の先にある運河から出ている定期船に乗るため、今は二人で歩いている。あと半日ほどで辿りつく予定だ。

定期船の終着港であるラナルトの港町。このシャンデで王都に次いで栄えている街。セルティの孤島と呼ばれる聖地は、ラナルトの港から船で行けるとは聞いているが巡礼者の減った今ではどうなっているかは行ってみなければわからない。

聖地巡礼が過酷と言われているもう一つの理由は、それぞれの聖地がある場所にも関係があった。

カーラドの谷もそうだったが、ラナルトへもまっすぐに続く街道はある。だが、それらの出発点は全てが王都だ。聖地から聖地への道はほとんど整備されていないため、直接向かおうとすればかなり大変だ。だが、毎回王都まで戻れば相当な時間をロスしてしまう。

「やはり、最初の街まで戻るべきでしたか？」

平原は休める場所もなく、人がほとんど通らないためかうっすらとした獣道しか存在していない。

迷わずに済んでいるのはアイゼンが星を見て方角を確認してくれているからだ。

野宿にもずいぶんと慣れた。身体が大きくなったアンバーが獲物を捕ってきてくれるし、火もおこしてくれるから楽だ。だが。

「アイゼン、ずっと見張りをしてて身体が辛いのでしょう？　すみません……」

しょんぼりとプラティナは肩を落とす。

毎晩、食事を終えたあとプラティナは宣言しているのだ。途中で起きて見張り番をするからアイゼンも休んで欲しい、と。

「俺は鍛えているから気にするなと言っただろう」

いつもこうだ。

せめて一緒に休んではどうかと、同じテントで寝ることを提案したが何故かとても怒られた。

（アンバーが外で寝てくれているから、見張りなんてもういいと思うんだけど）

成長してしまったことで、共寝ができなくなったアンバーは、プラティナが眠るテントの入り口を守るようにして外で眠るようになった。

さすがは竜種の魔獣だけあってアンバーの感覚はとても鋭い。野生動物や、遠くにいる他の冒険者の気配を察知してすぐに知らせてくれる。危険があれば、必ずプラティナを守ると言ってくれているようなその仕草は可愛くてたまらない。

甘えるようで申し訳ないが、アンバーがいるのならばアイゼンが一晩中外で起きている必要はないと思うのだ。

（でも、色々言うと怒るんだよね）

一応は眠っているとアイゼンは言う。

実際、顔色は悪くないし疲れたそぶりは見せない。だが、ずっと神経を使っているはず。

せめて癒やしの力を使わせて欲しいと思うのだが、自分からは近づいてくるくせにプラティナから近寄って触れようとするといつも逃げられてしまう。

カーラドの谷ではひょいひょい抱き上げてきたくせにと少しだけ恨みがましい気持ちになりつつも、嫌がられているのに迫るのも何か違う気がしてプラティナは少しだけ悶々《もんもん》としていた。

（港町……ラナルトに着けばきっと休んでくれるよね）

プラティナの体調はずいぶんと安定している。アイゼンが気を遣ってくれているのもあるが、カーラドの谷にある聖地で祈りを捧げ、あの場に貯まっていた聖なる力を受け取ってからは自分でも驚くほどに元気になった。

筋肉がついていないのでやはり夜になると眠たくなってしまうのは変わらないが、昼間は無理さえしなければそこまで疲れることもない。

といっても、アイゼンが度々休憩を取ってくれるからそう感じるだけなのかもしれないが。

「早く定期船に乗れるといいですね」

「そうだな」

そうすれば少しだがアイゼンも休めるはずだ。

港町に着けば宿だって取れる。

人知れず気を引き締めたプラティナはまっすぐに前を向いて歩き続けた。

＊＊＊

「定期船が出てない!?」

休みながらようやく運河に辿りついた二人は、定期船が出ているという桟橋まで来て愕然とした。

船頭の男性がどこか疲れ切った顔で定期船はしばらく出ていないことを告げてきたのだ。

「そうだ。悪いが、しばらく船が出る予定はない。諦めてくれ」

理由も告げずにその場から追い払われ、どうすることもできない。

プラティナたちの他にも定期船に乗るためにここまで来た人たちが同じように船頭に追い払われ、呆然としているのが目に入る。

運河を渡る定期便は森を抜けずにラナルトの港町まで行ける安全なルートであることもあり、この付近の住民には貴重な運路なのだ。

「どうしましょう……」

困り果ててその場に座り込んだプラティナの肩をアイゼンが叩く。

「君はチビとここで待っていろ。他に手段がないか調べてくる」

「なら私も……」

「休んでいろ」

ぴしゃりと言いつけられ、渋々その場に座り込むことしかできなかった。

迷いなく去っていく後ろ姿を見送り、ため息をこぼす。

「ぎゅう……」

「アンバー、どうしよう」

守るように隣に寄り添うアンバーにもたれ、プラティナは周囲を見回した。

自分たちと同じように途方に暮れている人たちが多い。

もし定期船が出ないとなればここからラナルトまでどう行けばいいのか。まさか歩くなんてことになれば、アイゼンにまた負担をかけてしまう。

「わぁ！　ドラゴンだ！　すごい！」

「え？」

突然聞こえた声に顔を上げれば、小さな男の子が目を輝かせてアンバーを見ていた。

怖いのか少し距離は取っているものの、興味津々な様子は隠しきれていない。

日焼けした肌にくすんだ金髪。服装は先ほどの船頭とよく似ていた。

「このドラゴン、おねえちゃんの？」

「ふふ、そうよ。アンバーっていうの」

「そうなんだ……ねえ、触っても大丈夫？」

「ええ。アンバー、いい子にできる？」

「ぎゅう！」

任せておけとでも言うようにアンバーが頷いたのを確かめて、プラティナは男の子を手招きした。緊張の面持ちであったが、男の子は恐る恐るアンバーの背中に優しく手を置いて、つやつやした鱗の感触を確かめていた。

「すごい！　僕、ドラゴンをはじめて触った！　格好いいねぇ！」

興奮した男の子がしきりに褒めるものだからアンバーもどこか得意げだ。

プラティナも可愛いアンバーを褒められて頰が緩んでしまう。

警戒心が緩んだのか、男の子は、ジェルという名であることや、定期船の船頭が父親であることを教えてくれた。

ジェルはこの運河に住む川の民で、代々定期船の運航や桟橋を管理しているらしい。

大きくなったら自分も父親にならって船頭になるのだと胸をそらすジェルの話をプラティナは楽しげに聞いていた。

「お父さん、船が出せないせいで元気がないんだ」

「そうなんだ。でもどうして定期船が出せないの？」

「それは……」

ジェルはキョロキョロと周囲を見回してから、プラティナの耳元に口を寄せる。

どうやら人に聞かれたくない内容らしい。身体を傾けその声に耳をそばだてる。

「実はね、運河にかいじゅうが出るの。船にぶつかったり、乗ってる人を食べようとしたりするんだ」

「えっ！」

「し――!!　秘密なんだよ!!」

驚きのあまり声を上げてしまったプラティナの口をジェルの小さな手がふさいだ。

怯えと焦りが交じったその表情に、プラティナは慌ててウンウンと頷く。

「かいじゅうって……？　魔獣かなにか？」

「多分そうだと思う。大きくてヘビみたいなやつなんだ」

「まあ……」

「本当は誰にも言っちゃ駄目って言われてるから秘密だよ。まだ襲われた人はいないけど、噂が立ったらお客さんが来なくなっちゃうから。運河に入らなければ大丈夫。でも、かいじゅうが暴れてるせいで水が濁って魚も捕れなくて……」

唇を噛みうなだれるジェルの姿に胸が痛くなる。

先ほど教えてもらった話によれば、川の民は定期船の運航や運河での漁業で生計を立てているらしい。両方が駄目になっているのなら、きっと苦労しているに違いない。

「大変ね」

小さな頭を優しく撫でてあげれば、日焼けした肌がほんのりと赤く染まった。

プラティナを見上げるジェルの瞳がわずかに潤む。

「お姉ちゃん……」

「何をやってる」

「わ！」

頭上から降ってきた声に顔を上げれば、何故か妙に怖い顔をしたアイゼンが立っていた。いつの間に戻ってきたのかとプラティナが立ち上がって近づこうとすると、ジェルが腕をぎゅっと摑んでそれを引き留める。

「ジェル？」

どうしたのだろうと顔を向ければジェルもまた険しい顔でアイゼンを睨んでいた。

きゅうっと腕に回された手が小刻みに震えている。

「おいガキ。お前……」

「アイゼン、この子はジェル。川の民らしいです」

荒々しい声音で話しかけようとするアイゼンの言葉を、プラティナは慌てて遮る。

すると腕にしがみついていたジェルが「え？」と間の抜けた声を上げた。

「お姉ちゃんのお友だちなの？」

「えっと……」

お友だちかと言われると難しいと一瞬言い淀んでいると、アイゼンから咳払いが聞こえた。

「俺は薬師でコイツは弟子だ」

「おじちゃん、薬師なの！」

「おじっ……！」

ジェルの言葉にアイゼンがショックを受けた顔をする。

さっきまでの鋭い表情から一変しておろおろしているのが丸わかりで、プラティナはこらえきれず笑ってしまった。

「ふふ。ジェル、この人はアイゼン。私の……大事な人なのよ」

「このおじさんが!?」

「ぐっ……!!」

今度は奇妙なうなり声を上げて胸を押さえた。

よほどおじさんと呼ばれたのが堪《こた》えているらしい。

ジェルの腕をやんわりと解いて、アイゼンの傍に駆け寄り、顔を覆って唸っているその背中に手を置いた。

びくりと震えたが振り払われなかったので、プラティナはここぞとばかりに聖なる力を流しこんで疲労回復を図ってみた。

じんわりと痺れる手のひらの感触に、やはりアイゼンが無理をしていたことを察し胸が痛む。

「アイゼン、大丈夫ですか」

「……ああ」

「ジェル。アイゼンはまだおじさんじゃないから」

「えぇ……」

納得できない顔のジェルに苦笑いしながら、プラティナはそっとアイゼンの背中を撫で続けたのだった。

再び座ったプラティナは、ようやく落ち着いたらしいアイゼンにジェルの許可を得て先ほど聞いた話を伝えた。

「なるほど。それで定期船の運航を中止してるのか」

「そうなんだ。もう半月も働けてない。水がああだから、飲み水も少し先の井戸まで汲みに行って……」

よく見ればジェルの小さな手は傷だらけだった。水を汲んで運ぶのは重労働に違いない。

プラティナはその手を優しく包むとそっと癒やしてあげる。

「わ……」

驚きで目を丸くするジェルに、プラティナは悪戯っぽい笑みを浮かべ唇に人差し指を立てた。

「ナイショね」

再び頬を赤くしてこくこく頷くジェルに微笑みかけてから、プラティナはアイゼンに身体を向ける。

「他に港町に行く方法はありましたか？」

「……もし行くとすれば、この森を抜けて遠回りしなければならない。かなり危険な道が続くらしい」

「そうなんですか……」

こんなことならば多少回り道になるとしても王都に戻ればよかったかもしれないとプラティナは

肩を落とす。

アイゼンの後ろで寝そべっているアンバーはことの重要性がわかっていないのか、暇そうにあくびをしていた。

「アンバーに乗れたらいいのに」

その言葉に反応したのか、乗る？　とでも言いたげにアンバーが目を輝かせて首を上げた。

「さすがに無理だろう。岸から岸に渡るならまだしも、港町までは定期船でも一日はかかる距離だ」

「そうですよね。ごめんねアンバー」

期待させてしまったことを謝りながら頭を撫でれば、アンバーは不満そうに鳴き声を上げその場から飛び立ってしまった。

運河の上をくるくると回り、できるよ！　と訴えるようにぎゅうぎゅうと鳴き声を上げている。

「もう、アンバーったら」

戻っておいで、と声をかけるためにプラティナが立ち上がった瞬間。

ぐわん、と音がして静かだった運河の水面が盛り上がる。

桟橋に停泊していた定期船がぐらぐらと揺れ、船頭が慌てたように飛び出してくるのがわかった。

「なっ!?」

アイゼンが身構え、腰の短剣に手をかけた。

プラティナは咄嗟に隣にいたジェルを抱き寄せる。

「かいじゅうだ！」

その叫びと共に水面を割って現れたのは巨大なヘビだった。

川岸にいた人たちが悲鳴を上げ逃げはじめた。

巨大なヘビの頭はアンバーより一回りほど大きく、人間ならば軽々と丸呑みにできてしまうだろう。

水面に出ているのは頭だけなので、本体がどれほどの大きさなのかは判断できない。濁った水面に沈む全長を想像するだけで寒気を感じる。

こんなものがいたのでは定期船など運航できなくて当然だ。

「何ですあれ!?」

「サーペントの一種だ。まだ小さいから幼獣かもしれん。海を遡ってここまで来て棲み着いたか……」

警戒した態度を崩さずにアイゼンが唸るように呟いた。

距離はあるがアンバーが狙われている以上、簡単に逃げ出すわけにはいかない。

「あいつだ。あいつが急に現れて……」

「ジェル……」

苦しそうな声で呻くジェルをプラティナはそっと抱きしめる。

「ギルドに討伐依頼は出してないのか」

「出したけど、まだ誰も来てないって言ってた」

「チッ……厄介だな」

舌打ちしたアイゼンはサーペントを睨み付ける。

サーペントは空中を回るアンバーを狙っているのか巨大な頭をゆらゆらと揺らしていた。

もしアンバーが食べられたら。恐怖で目の前が真っ暗になりそうだった。

「アイゼン、アンバーが!!」

「大丈夫だ。さすがに距離がある。あれは水の中からは出てこない」

そう言いながらもアイゼンも不安そうにアンバーとサーペントを見比べている。

アンバーに呼びかけてこちらに来させるべきか迷っているのが伝わってきて、プラティナも唇を噛みしめた。

「陸に上がれば俺でも倒せるが、あのままじゃ手の打ちようがないぞ」

「そんな……」

「サーペントを退治するための船を持ってるのは港町のギルドぐらいだろうが、わざわざ川を遡ってくるようなやつは少ないだろうからな」

「じゃあ、ここの人たちはどうなるんですか?」

プラティナの質問にアイゼンが苦い顔をする。

できることがない、と告げているようなその顔に胸がきしむ。

腕に抱いたジェルをきゅっと抱きしめれば、小さな肩が大きく震えた。

「くそう!　かいじゅうめ!!」

「ジェル！」

プラティナの腕から飛び出したジェルは、地面に落ちていた石を掴むとサーペントに向かって思い切り投げつけた。

届かないと思ったそれは、まるで奇跡のような放物線を描いて水面から出ていたサーペントの身体にぶつかる。

「！」

ざぶん、と水面が揺れてサーペントがこちらへと視線を向けた。

感情のない銀色の瞳がじっとアイゼンたちを見据え、大きな口からは赤い舌がだらりと伸びている。

捕食される側の恐怖というのをプラティナはその身をもって感じた。

「ひっ……」

「逃げろ!!」

アイゼンの声にプラティナはジェルを腕に抱いたまま走り出そうとした。

だが。

「ギャウウウ！」

「アンバー!?」

聞き覚えのある鳴き声に、プラティナは足を止め振り返る。

見上げれば、サーペントがプラティナたちに狙いを定めたことに気がついたアンバーが滑空し、その頭に爪を立てたのだ。

「……！！　……！！」

サーペントが耳障りな鳴き声を上げ暴れはじめた。

水が大きく揺れ、岸辺にざぶざぶと打ち上がり、プラティナたちの足下にまで波が押し寄せてくる。

「きゃあ！」

「プラティナ！」

素早く動いたアイゼンがジェルごとプラティナを横抱きにして走り出す。

「アイゼン、アンバーが！」

「とにかく避難が先だ。じっとしてろ！」

「……！」

逆らえず、アイゼンの肩ごしにアンバーの姿を捜す。

水面上を跳ねるように暴れるサーペントの頭にしがみついたアンバーの姿が見えた。もし怪我をしたら。食べられたら。心配と不安で涙が滲んだ。

抱き上げてくれているアイゼンの腕にぎゅっとしがみつけば、強い力で抱きしめ返される。

「俺が行くから、君はここにいろ」

波が届かぬ地面にプラティナを下ろしたアイゼンが、運河に向かって走り出す。

見送ることしかできない悔しさにプラティナが息を呑めば、腕の中のジェルがしっかりとしがみついてきた。

「お姉ちゃん……！」

「大丈夫、大丈夫よ……」

自分に言い聞かせるようにその背中を撫でながらプラティナは再びアンバーたちへ視線を向けた。

「……え？」

思わずこぼれた間抜けな声に、腕の中にいたジェルが「ん？」と動きを止めたのがわかった。

だがそれを気遣う余裕がプラティナにはない。見えているものが真実かどうかわからず、何度もぱちぱちと瞬きすることしかできない。

走って戻ろうとしたアイゼンも途中で気がついたのだろう。

立ち止まって空を見上げる背中から伝わってくる感情は、きっとプラティナが抱いているのと同じものに違いなかった。

「お姉ちゃん、ドラゴンが……」

ぽつりと呟かれたジェルの声も呆然としていた。

「ぎゅううう!!」

くぐもった勝利の雄叫《おたけ》びが聞こえてくる。

自慢げに羽を広げ、空中を踊るように舞うアンバーの口には、サーペントの尻尾が咥《くわ》えられていた。

すでにこと切れているらしいサーペントはぶらぶらと無様に揺れていた。開いた口から垂れた舌が水面をザブザブと揺らしている。

「え、ええ……？」

「ぎゅうううう!!」

全員が驚きで固まる中、褒めて！　と訴えるようなアンバーの鳴き声が響き渡っていた。


「……」

「……」

プラティナとアイゼンは無言で地面に横たわっているサーペントの亡骸《なきがら》を見つめていた。

ジェルや、ジェルの父親をはじめとした川の民も呆然とした表情で立ち尽くしている。

定期船に乗るために集まっていた人々も遠巻きにそれを見ている。

「ぎゅう！」

アンバーだけは息絶えたサーペントの顔の横で満足そうに鼻を鳴らしていた。

「アンバー、大丈夫？　怪我してない？」

「きゅううう〜！」

怪我がないか確かめるように鼻先や身体を撫でれば、アンバーは嬉しそうに鳴き声を上げる。

どうやら褒められたと思っているらしい。

「もう、危ないことをして！」

「きゅう？」

「怪我がなくてよかった……！」

プラティナはその首にぎゅっとしがみつく。

横たわるサーペントの全長はアンバーの優に十倍はある。もし負けていたらと考えるだけでぞっとした。

「お願いだから危ないことはしないで」

言い聞かせる声は涙で震えている。心配と不安とで胸が潰れそうだった。

アンバーがか細い鳴き声を上げていても、うまく返事ができない。

「プラティナ」

アイゼンの手が背中に添えられる。

その温かさに、こわばっていた身体から少しだけ力が抜けた。

「褒めてやれ。君を守ろうとして頑張ったんだ」

「……！」

はっとして顔を上げれば、アンバーの琥珀色の瞳がゆらゆら揺れているのがわかった。

「アンバー……ごめん。怒ったんじゃないの。あなたが心配で……」

ゆるく首を振れば、目元に溜まった涙がこぼれて頬を伝った。

その涙をアンバーの舌がぺろりと舐める。そのぬくもりに、もう一度涙があふれた。

アンバーの強さと優しさに胸がいっぱいになる。

「……ありがとうアンバー。強い子ね」

「きゅう！」

嬉しそうな鳴き声に微笑みながら、プラティナはもう一度アンバーに抱きついた。

無事を喜ぶように、よしよしとその鱗を撫でてあげる。

「あのう……」

アンバーにしがみついたまま涙を拭っていたプラティナは、背後からかけられた控えめな声に顔を上げる。

すっかり忘れていたが、川の民らしき人たちが背後にずらりと並んでいる。ジェルだけはプラティナの傍にくっついているが、それ以外の人たちは目の前の光景を受け入れられないというように唖然とした顔をしている。

当然だろう。川の民にしてみれば、ずっと自分たちを悩ませていたサーペントが突然現れたドラゴンによって倒されたのだし、定期船の客たちにしてみれば、目の前で急に魔獣同士の戦いが起こったのだ。簡単に状況を受け入れられるわけがない。

「その、あんたたちはギルドから来た方なのかね」

ジェルの父親の問いかけに、プラティナは目をぱちくりとさせる。

アイゼンを見れば同じく驚いたように目を丸くしていた。

「違う。俺たちは船に乗りに来た客だ。このドラゴンは俺たちの連れなんだ」

「えっ!?　じゃあ、退治しに来てくれたわけじゃ……」

「ただの偶然だ」

「!!」

川の民からざわめきが起きる。どうしたことかとプラティナが首をひねっていると、ジェルの父親が突然笑みを浮かべ歓喜の声を上げた。

「ありがとう！　ああ、あんたたちのおかげで依頼料を払わなくて済む！」

「依頼料……？」

「港のギルド連中はサーペントを退治するなら特別料金を出せと言ってきていて……船も出せず漁にも出られない今の状況じゃあどうにもならないから金を借りるしかないと思っていた矢先だったんだ。助かる。本当に助かるよ！」

その場に土下座しそうな勢いで感謝され、プラティナは慌てるがアイゼンは「ああ」と納得した様子だ。

「さっきも言ったがサーペントをはじめ海獣を狩るには専用の船がいる。運河を遡るとなればかなりの手間だからな」

「そういえば、そんなこと言ってましたね……」

ギルドだって慈善事業ではないので仕方がないのかもしれないが、なんともモヤモヤとする。

アイゼンは元冒険者ということもあり事情がわかっていたのだろう。

「なんとお礼を言ったらいいかわからない」

「いえ、こちらこそお騒がせしてすみません……」

しきりに頭を下げてくる川の民の態度に恐縮しながらプラティナはちらりと桟橋や定期船の方を

見る。

サーペントとアンバーが戦ったことで起きた大波の影響で、壊れてはいないがなかなかの惨状のように見えた。

そんな視線に気がついたのか、ジェルの父親が慌てたように気にしないでください！　と声を上げる。

「あの程度、大雨や強風でも起きるレベルです。半日もあれば元通りにできますから」

「そうですよ。コイツの被害に比べれば軽いものです」

男たちに口を揃えて言われ、彼らの熱意に圧倒されそうになる。

どうやら問題がないようで安心はしたが、気になるのはその後ろに控えている女性たちの表情だ。

安心と不安が入り交じったような視線が向けられているのは、運河のようで。

（何かあるのかしら）

声をかけようか迷っているプラティナの手をジェルがぎゅっと握った。

「ジェル？」

「お姉ちゃん、ありがとう。これで父さんたちはまた船を出せるよ」

嬉しそうな笑顔にこちらまで嬉しくなってしまう。

にこにことジェルと見つめ合っていれば、アンバーが間に入ってすりすりと頭をすり寄せてきた。

「あんたたち、定期便に乗りたいんだよな。行き先はラナルトの港か？」

サーペントの亡骸を調べていたアイゼンに船頭の一人が近寄っていく。

声をかけられたアイゼンは、少し警戒しながらもしっかりと頷いた。

「ああそうだ」

「なら船賃はいらねぇ。準備ができ次第すぐに乗せてやるから待ってくれ」

「いいのか？」

「ああ。恩人から金なんて取れねぇよ。お前ら、準備だ！」

男たちは意気揚々と浅瀬へと駆け出していく。

それを見送るジェルの表情も明るい。だが。

（やっぱり気になる）

ジェルの手を引いたまま、プラティナは女性たちの方に近寄った。

彼女たちは近寄ってくるプラティナに怯えた表情を見せながらも、逃げる様子はない。

「あの……もしかして、まだ何かお困りなんですか？」

女性たちはびくりと大げさに震えたあと、目配せし合う。

何か言いたいことがあるのは間違いないが、プラティナに告げてよいものか迷っているようだ。

「お母さん！」

「ジェル！」

プラティナの手にしがみついていたジェルが一人の女性に駆け寄っていく。

顔立ちがよく似ていることもあり、すぐに母子だとわかった。

「大丈夫だったの!?」

「うん。お姉ちゃんがずっと守ってくれたんだ」

「そう……」

ジェルの言葉に女性たちの表情が和らぎ、警戒心が薄らいだのが伝わってくる。

そして代表者らしき年配の女性がおずおずといった様子でプラティナに近づいてきた。

「あの化け物を退治してくれたあんたに言うのは悪いんだけどね。あれだけ川が荒れたら魚が揚がらないだろうって私たちは心配してるのさ」

「魚が……」

はっとして水面を見れば、完全な泥水と化している。

漁業には詳しくないプラティナにも、魚が捕れそうにないことはわかった。

「す、すみません。うちの子が暴れたせいで……」

「いいんだよ。どのみち運河に近づけなかったから退治してくれたことは感謝してるんだ。しばらく船の収入で食いつなぐしかないだろうね」

疲れた顔の女性たちの表情に浮かぶのはこの先の不安なのだろう。

きっと魚が捕れないとなれば、食べるものに困るはずだ。

なんとかしてあげたいと思うが、自分にできることは何も思い浮かばない。

「どうした?」

「アイゼン……」

男たちとの話がついたのか、戻ってきたアイゼンが顔をのぞき込んでくる。

気遣わしげな黒い瞳に弱っていた心がぐらりと傾く。

「実は……」

女性たちの不安を伝えると、アイゼンも理解できるのか濁った運河を見つめて首を振った。

「あれだけ川が荒れれば魚も逃げているだろうからな。落ち着くのには数日かかるだろう」

「そうなんですね……他に何か食料があればいいんですが……」

ぐるりと周りを見渡していたプラティナの視界に、地面に横たわったサーペントの亡骸が入る。

灰色と緑のまだらな鱗に包まれたそれは、頭だけ見れば完全なヘビだ。だが、尾びれと背びれがついていることもあり、全体を見ればヘビというよりは巨大な魚と思えないこともない。

「……ねえ、アイゼン。あれって食べられるんですか？」

「はぁ!?」

本気で驚いたという声を上げたアイゼンに周囲の視線が集まる。

その勢いに、何か間違ったことを言っただろうかとプラティナはおろおろと言葉を繋いだ。

「いえ、ほら、カーラドの谷の近くでアイゼンが魔獣の肉を食べさせてくれたじゃないですか。あれも魔獣なら食べられるのかなって……」

「サーペントは雑食だ。俺は食べたことはないが、独特の生臭さがあって食材にはならないはずだぞ」

「そうなんですね……」

「皮や牙は素材になるが、肉は捨てるのが関の山だ」

まじまじとサーペントを見ていたプラティナはふらふらとその近くに寄ってみる。

こんな巨大な魔獣の亡骸は初めてだ。つんとした独特の生臭さはあるものの、アンバーが目と頭を潰して倒したこともあり身体は綺麗だ。

もし生臭さがなければ食べられるかもしれないという予感がふつふつとこみ上げてくる。

「アイゼン。これ、触っても大丈夫ですか?」

「表面は普通の動物と変わらないが……おい、何をする気だ」

「試してみたいんです」

プラティナはサーペントの腹部近くに膝をつくと、まだしっとりと濡れている鱗に両手を合わせた。

カーラドの谷でソムニフェルムの花を浄化した時のことを思い出しながら力を込めていく。

あの時は大地全体や花の球根にまで力を込めたせいで、結局疲れて眠ってしまった。だが、今回はサーペントの肉体だけだ。

(大丈夫、できるわ)

ゆっくりと聖なる力を流しこめば、サーペントの亡骸が淡く光っていく。

周囲の人々が息を呑んで見守っているのがわかる。

誰かが「聖女」と声を上げた気がしたが、それはかつての記憶が生んだ幻聴だったのかもしれない。

ゆるやかに流れていく力がよどんだ何かを消し去ったのが伝わってくる。

心地よい疲労感を覚えながら目を開ければ、世界が少しだけ輝いて見えた。

「……ふぅ……」

額に滲んだ汗を拭いながら、プラティナは立ち上がる。

浄化されたサーペントの全身は艶やかに光っており、明らかに先ほどまでとは様子が異なる。

振り返ればずっと傍にいてくれたらしいアイゼンが、苦虫をかみつぶしたような顔をして立っていた。

「アイゼン、肉を捌いてみてくれませんか？」

「まさか……」

「はい。浄化してみました！　とりあえず食べてみましょうよ！」

満足げに告げれば、アイゼンはうぐぅと唸って頭を抱えてしまった。

「君はどうしてそういう……!!」

「駄目でした？」

「……いや、いい。身体はどうだ？　辛くないか？」

「平気です！　むしろお腹が空きました！」

「まったく……ならチビと火をおこしておいてくれ」

「はい！」

ぶつぶつと言いながらもアイゼンは小刀を使って器用にサーペントの腹を裂いていく。内臓が食べられないのはどんな生き物も同じらしく、よどみない手つきで処理をしていく姿は惚れ惚れするものがある。

いつまでも見惚れていても仕方ないと、プラティナは以前ならった通りに石を集めてかまどを作りはじめた。

とてとてと歩いてきたアンバーも、慣れた動きで小枝を咥えてくる。

「お姉ちゃん、何してるの？」

「うん？　ちょっと料理をするの」

「料理!?　もしかして、あのかいじゅう食べられるの!?」

驚きの声を上げるジェルにつられ、女性たちからもざわめきが起きた。

まさかそんなと驚愕と畏怖の交じった視線が向けられる。

「大丈夫ですよ、きっと美味しいはずです」

安心させるように彼女たちに微笑みかけながら、プラティナは手を動かし続ける。

小枝や地面が濡れていて火がつくか不安だったが、アンバーの火があっという間に水分まで吹き飛ばし小さなたき火が完成する。

「ほら、切ってきたぞ」

「ありがとうございます！」

「火は……準備ができてるな」

たき火の準備が完璧なのを確認したアイゼンは火の前に腰を下ろすと、切ってきたサーペントの肉を串に刺してたき火にかざし、あぶり焼きをはじめた。

血の気のない透明に近い肉は火にあぶられ白くなっていく。表面がぷくぷくと泡立ち、脂が滲んで火に落ちる。

嗅覚を刺激する香ばしい匂いが辺りに広がりはじめ、プラティナは腹の虫が騒ぎ出すのを感じた。

プラティナの横に立っていたジェルもまた口の端から垂れてしまった涎を袖口で拭っている。

「味付けはどうするんです？」

「そうだな……」

しばらく考えていたアイゼンは、ひた、とジェルに視線を向けた。

真正面から見られたジェルは怯えたように身をすくませながらも、じっとアイゼンを見つめ返す。

「おい。この辺りでは料理に何をつけて食べる？」

「えっと……果物を煮たソースかな」

「持ってこい」

「え!?」

「さっさとしろ」

「う、うん」

転がるように走っていったジェルを見送ったアイゼンは、サーペントの肉をくるくるとひっくり返しながら焼き続ける。

何枚かが焼き上がったタイミングでジェルが小さなツボを抱えて戻ってきた。

「これだよ」

蓋を開けると甘い匂いが漂った。どろりとした褐色のソースは初めて見るものだ。

「よし」

満足げに頷いたアイゼンはそのソースをためらいなく焼いた肉にかけた。温まった肉に触れたことでさらに芳醇な匂いが辺りに立ちこめる。

「ほら、食べてみろ」

「はい！」

差し出されたそれを嬉々として受け取ったプラティナはためらいなく肉にかぶりつく。

フワフワで癖のないサーペントの肉は口の中でほろりと崩れ独特な食感をもたらす。それは決して不快なものではなく、むしろいつまでも噛んでいたいと思わせるものがあった。なにより温かいソースとの相性は抜群で、口の中がとろりと溶けてしまいそうなほど絶妙な味わいで舌を喜ばせていく。

「おいひい〜〜!!」

「だから口の中にものを入れたまま喋るな」

いつものように冷静な口調ながらも、アイゼンの目は優しい。汚れた口元を拭うための布を差し出され、プラティナは頬を染めながらそれを受け取る。

ぺろりと一切れを平らげ満足感に浸っていれば、じっとこちらを見ているジェルと目が合った。

期待に輝く瞳に、プラティナは微笑み返す。

「食べてみる？」

「いいの!?」

飛びつかんばかりの勢いでジェルがサーペントのあぶり焼きを手に取った。

フウフウと小さな口で軽く冷まして、すぐにそれにかぶりつく。

口の周りをソースだらけにしながらもぐもぐと顎を動かしていたジェルは、目をまん丸にして何度も大きく頷く。

「美味しい！　お姉ちゃんコレ美味しいね！」

「でしょう？」

「おじさんもすごい！」

「俺はおじさんなんて年齢じゃねぇ！」

二人のやりとりにプラティナが声を上げて笑っていると、いつの間にか女性たちが近寄ってきていた。

「あの……」

「はい？」

「それ、本当に食べられるんですか？」

「ええ、もちろん！」

「お母さん、コレ美味しいよ！」

ジェルの言葉が呼び水になったのか、川の民の女性たちも恐る恐るサーペントのあぶり焼きを口にしはじめ、美味しさに驚きと歓喜の声を上げたのだった。

その騒ぎに出航の準備をしていた男たちや乗船を待つ客たちも集まってきて、片付けそっちのけで大試食会がはじまってしまった。

当然、小さなたき火では足りなくなる。

男性たちがどこからか大きな石を集めてきて巨大なかまどを作り、そこにアンバーが火をおこした。

女性たちが巨大な金網をその上に置き、サーペントの肉をそこに並べていく。

アイゼンはサーペントを捌きながら、食べられそうな部位とそうではない部位について川の民に説明をしていた。

プラティナはジェルと一緒に、焼けた肉にせっせとソースをかけていく。

気がつけば外はすっかり夕暮れ。

だが、火を囲みながらとる食事のおかげでみんな笑顔だ。

旅をはじめてたくさんの美味しい料理を口にしたが、こんなに大勢の人と笑いながら食べたのは初めてかもしれない。

お腹だけではなく心の奥にずっとぽっかり空いていた穴が埋まっていくような多幸感に、何故か目の奥がつんと痛くなった。

旅に出てよかった。心からそう感じられた。

視線を感じて顔を上げれば、いつの間にか横に座っていたアイゼンがじっと見下ろしてきていた。

夕焼けに染まった黒い瞳は吸い込まれそうなほど綺麗で目が離せない。

アイゼンが従者でなければきっとこんな幸せを知ることもないまま死んでいたのだろう。

聖地巡礼や自由という目的以外にも、たくさんのものを与えてくれた人。

「またついてるぞ」

アイゼンの手が、プラティナの頬を撫でる。

その優しい動きに心臓がきゅうっと苦しくなった。

（……？）

その苦しみの理由がわからず、プラティナは何度も目を瞬く。

こんなにも幸せなのにアイゼンを見ていると切なくなるのは何故なんだろう。

（いつか、お別れしなくちゃいけないからなのかな）

旅の終わりか、それとも己の死か。

どちらにしてもそんな日が来なければいいと願っている自分に、プラティナは酷く動揺する。

「アイゼン、あの……」

「ん？」

優しい声にますます胸が苦しくなった。

何か言わなければ。そう考えるほど言葉が詰まる。

「お姉ちゃん！」

「わー！」

駆け寄ってきたジェルに腕を揺らされ、プラティナは我に返る。

キラキラと輝く満面の笑みに、さっきまで抱えていた切なさがどこかにいってしまった。

「ジェル？」

「お姉ちゃん！　あのかいじゅうのお肉がたくさんあるから、もう大丈夫だってお母さんたちも喜んでるよ」

「そう。よかったわ」

「皮や牙も全部くれるってほんとう？」

「ええ。私たちの旅にはいらないものだから、みんなの役に立てて」

サーペントの肉だけではなく皮や牙など全ての素材は川の民に託すことにした。

退治してしまったのもその場の流れだったし、持ち歩いても使い道はない。

ここで暮らす人たちの生活に役立ててもらえれば十分だ。

「ありがとう」

ぎゅっと抱きついてくるジェルの髪を撫で、プラティナは優しく微笑む。

旅をはじめて本当にたくさんの人に感謝されたが、こんなに喜ばれたのは初めてかもしれない。

くすぐったい気持ちになりながらアイゼンとアンバーを振り返ると、彼らもまた優しい顔で笑っていた。

「……ねえ、お姉ちゃん」

「なあに？」

ジェルに呼ばれて振り向けば、何故か腕を引かれてかがまされた。

近づいてきたジェルの髪が肌をかすめ、頬にやわらかい何かが押し当てられる。

「……？」

「えへへ」

頬にキスされたのだと数秒遅れて気がついたプラティナが呆然としていれば、悪戯っぽい笑顔と目が合う。

びっくりしすぎて声が出ない。頬を押さえたまま固まるプラティナに再び抱きついたジェルが、甘えたような声を出した。

「お姉ちゃん。またここに来る？」

「え、っと……どうだろう」

「絶対また来てね。僕、きっといい男になって待ってるから」

「えっ!?　えぇっ!?」

「っ……！　このガキ……!!」

勢いよくアイゼンが立ち上がった瞬間、ジェルはプラティナから離れて駆け出していってしまった。

残されたプラティナは何が起こったのか理解できないままだ。

「プラティナ」

「はい!?」

鋭い声に驚いて再びアイゼンの方を向けば、先ほどジェルにキスされた頬をアイゼンの手のひらが覆った。

ごしごしと少し痛いほどこすられてプラティナは戸惑いの声を上げる。

「な、なんです」

「汚れてる」

「えぇぇ？」

まだソースがついていたのかと恥ずかしい気持ちになりながらも、何故かその手を振り払う気にはなれずプラティナはなすがままにされていたのだった。


結局、宴となった食事は夜半まで続き、みんなは火を囲みながらそのまま夜を明かした。

無防備に人々が眠る中、アイゼンがずっと隣にいてくれたことを触れあう肩のぬくもりで感じていたプラティナはとても幸せな夢を見た。

だが残念なことに、目が覚めた時、それがどんなものだったかは覚えていなかった。

＊　＊　＊

明けて翌日。

出港準備が整った定期船に乗り、プラティナたちはラナルトの港町へと無事に出立できた。

見送るジェルたちに何度も手を振る。

また必ず来てねと言ってくれる声に応えられない切なさを感じながらも、素敵な出会いに感謝を告げた。

「次の聖地にも無事に行けるといいですね」

「そうだな」

まだ見ぬ聖地に思いを馳せながら、プラティナは光る水面を見つめていた。

幕間　聖女のいなくなった国で　三

「なんで！　なんでなのよ！」

声を限りに叫んでみるが、誰も返事をしてくれない。

ざらざらとした石の床は座るのが躊躇われるほど汚れている。座ろうにも椅子の一つもありはしない。

眠るためなのか薄い布が申し訳程度に敷かれた一角はあるが、誰が使ったかわからぬところに寝そべる勇気はメディにはなかった。

「お母様を呼んでよぉ！」

いつだって自分に甘い母。これまでどんな我が儘だって叶えてくれた。

メディが物心ついた時には、この国は母であるレーガのものだった。

父の記憶はおぼろげだ。優しい人だったような記憶はあるが、忙しかったのかあまり構ってもらった記憶はない。

そのかわり、レーガはいつも女王のように煌《きら》びやかでいろいろな人たちに頭を下げられていた。

メディもまた、そんなレーガの一人娘ということもあり、周囲からちやほやされ甘やかされていた。

叶わない願いなんてなかった。

だが、一つだけ思い通りにいかないことがあった。

「全部、お姉さまが悪いのよ」

最初の正妃が産んだ娘、プラティナ。

たった二歳しか違わないのに、最初に生まれただけで第一王女を名乗ることが許される存在。

メディはとにかくプラティナの全てが気に入らなかった。

自分とは違うキラキラした白銀色の髪も、いつも薄く微笑んでいるような優しげな顔も、全部嫌いだった。

みんなで食事をする時メディより上座にいるのも許せなかったし、いつも大勢の従者を連れているのが羨ましかった。

同じお姫様なのに何が違うのか、と。

だが、父である国王が亡くなって、レーガが本当に女王になると、このお城で「姫」と呼ばれる存在は本当にメディだけになっていた。

最初は理解できなかったが、レーガがプラティナを神殿に追いやってくれたと聞いてメディは大喜びした。

さすがはお母様だと誇らしく、この国のお姫様は自分だけになったのだとすがすがしい気持ちで日々を過ごしていた。

だが事実は違った。

プラティナはいなくなったりなどしていなかったのだ。

城にいないだけでこの国の神殿で『聖女』などと呼ばれながら生きていることを知った。

この国が平和であるように、その身に宿った聖なる力を使って日々祈りを捧げているのだと。

最初は気にも留めていなかった。

所詮は市井での話だ。

お城でたくさんの貴族たちに囲まれているメディの方がずっと幸せなはずだ。

煌びやかなお城でいつだってみんなに愛されている私。

それがメディの誇りだった。

国中の人々が、メディをお姫様だと崇めていると信じていた。

だがある時噂を耳にした。

聖女の薬で命が助かった人間がたくさんいること。聖女の加護のおかげで魔物に襲われずに済んでいる地区があること。

あの神殿で国の平和を祈る聖女の存在に、国中の信者が秘かに憧れていること。

ずるい。

どうして同じお姫様なのに。なんでメディが聖女じゃないのか。

湧き上がった嫉妬心を抑えきれず、メディはその足で神殿に向かった。

神殿長はレーガの言うことなら何でも聞く人だ。

だから、メディは言った。自分も聖女にして欲しい、と。

だが。

「メディ様にもわずかながらに聖なる力があるようですが、聖女にはなれません」

「どうしてよ！　お姉さまにできるなら、私にだってできるはずでしょう!?」

「プラティナ様とメディ様では力の質が違うのです。申し訳ありません」

神殿長はそう言うばかりで取り合ってくれなかった。

もちろんレーガにも同じように訴えたが、結果は一緒だった。

「お前は姫として城にいればいいの。大人しくしているのなら、何をしても構わないわ」

自分を何より優先してくれるはずの母の冷たい言葉にメディは頭が真っ白になった。

聖女になれない。どうして！　どうして！　と。

たかが神殿で祈るくらいじゃないか。薬だって神官たちが作るのをちょっと手伝うくらいじゃないか。

「メディだってできるもん！」

お姫様と呼ばれるのも聖女様と呼ばれるのも全部メディだけでいい。

なんとかして聖女の座をプラティナから奪えないかと神殿に押しかけたこともあったが、プラティナへの面会すら簡単には許されない日々。

そんな時に出会ったのがツィンだ。

「おやおや、可愛いお姫様。そんな怖い顔をしてどうしたのですか？」

にっこりとまるで王子様のように微笑みかけてくれたツィンにメディは強く惹かれた。

神殿長の息子だというツィンは、メディのことをかわいそうだと言っていつも優しくしてくれた。

メディは美しいものが好きなので、自分の傍に控える近衛騎士は見た目がいい男性ばかりを選んでいた。

騎士というだけあってみんな精悍な顔立ちで素敵だったが、ツィンは彼らよりもずっと美しかった。

ツィンが欲しい。この人が傍にいれば、自分はもっと輝ける、と。

「ツィン、私と結婚しない？　私と結婚すれば、将来、王様になれるわよ」

「メディ様。私は王にはなれませんよ」

「あら、どうして？　女王の夫は王さまじゃないの？」

「そういう場合は『王配』といって、女王の夫という役割を与えられるのです。国の王にはなれません」

「ふうん、むずかしいのね。じゃあいいわ、その王配にしてあげる」

「それも難しいんですよねぇ」

困ったように肩をすくめるツィンの態度に苛立ったメディは眉をつり上げる。

「どうして！」

「残念ですが、私はプラティナ様……メディ様の姉上と婚約しているんですよ」

「!!」

あまりのことにメディは言葉を失った。

ツィンによると、プラティナとツィンは国王が生きていた頃からの婚約者なのだという。

聖女の力を持ったプラティナとそれを支える神職者ツィン。二人でこの国を支えるために結ばれた婚約。

「待って!! じゃあ、お姉さまが女王になるの?」

「うーん……それはわかりませんが……少なくとも私は聖女の夫になることを約束した身なので……」

「やだやだ! 私はツィンがいいの!! 私と結婚してくれなきゃやだぁ!」

メディの叫びにツィンは困ったように眉尻を下げるばかりだ。

二人の婚約は国と神殿の契約なのでどうすることもできないから、と。

「……じゃあ、お姉さまがいなくなればいいの?」

思わずこぼれた呟きにツィンがぎょっとした顔をする。

「メディ様。いくらなんでもそんな物騒なことを言ってはいけませんよ」

「でも! お姉さまはとっても病弱だって聞いてるわ。神殿でもいつも寝込んでるって。本当にお姉さまは、大人になるまで生きられるの?」

「そ、れは……」

言い淀むツィンの表情に、メディはわずかな希望を感じた。

プラティナとは年に一度か二度しか顔を合わせないが、いつも顔色が悪くてひょろひょろしていた。

あれでは長生きは難しいと使用人たちが陰口をたたいているのも聞いたことがある。

「ツィン。お姉さまを見張って。もしかしたら重要な病気が見つかったりするかもしれない。そうなれば聖女失格よ」

聖女とは人々に愛される輝く存在のはずだ。

それが病気になんてなった日には、価値は半減する。

「ツィンが聖女の婚約者なら、私が聖女になればいいのよ」

そうだ。メディにだってわずかながら聖なる力があると言っていた。

プラティナがいなくなればメディが聖女になるのは簡単なことだ。

「ね、そうしましょう。私の方がずっとツィンを幸せにしてあげられるわ。何でも買ってあげるし、どんなところにも連れていってあげるから」

甘えるようにすがりつけば、ツィンがゴクリと喉を鳴らしたのが見えた。

そう。そうなのだ。どんな男もメディがお願いすれば言うことを聞いてくれる。

だってメディはこの国で唯一のお姫様なのだから。

だから、実行した。

幸運にもプラティナが倒れたと連絡が入ったその日、レーガと神殿長はこの国にいなかった。

前々から計画を相談していた人たちと口裏を合わせプラティナを神殿から連れ出し、メディは新たな聖女として神殿に押しかけた。

戸惑う神官たちに命令を下し、しばらくは忙しいから祈りや薬作りはお休み。

そのかわり信者たちとのふれあいには必ず呼ぶようにと言いつけた。

信者たちは戸惑っていたが、メディの可愛さをちゃんと褒めてくれた。小汚い庶民に囲まれるのは正直面倒くさいが、聖女様！　とたたえられるのは気分がいい。

こんな楽で楽しい日々を独り占めしていたプラティナがますます憎くなった。

「せっかくお姉さまを追い出したのに」

呟いた声は涙で震えていた。

なにもかもうまくいくはずだったのだ。

いつまでもメディに心からの服従を誓わない騎士を見張り役にして、王都からプラティナを追い出した。

きっと道中で死んでしまうだろうから、王女であるプラティナを守り切れなかったことを理由に騎士も処刑することができる。

聖女の座と共にツィンの婚約者の座も手に入れた。

全ては完璧だった。

帰ってきたレーガもきっと許してくれるはずだったのに。

「どうしてよぉ」

冷たい牢獄の中でメディはしくしくと悲しげな声を上げて泣いた。

＊　＊　＊

失敗した。失敗した。どうしてこんな失敗をしてしまったのか。

油断すればもつれそうになる足を必死に動かしながら、ツィンは王城の暗い廊下を歩いていた。

窓もなく、松明《たいまつ》もわずかしか設置されていないせいで廊下の先はほとんど見えない。

それはまるで自分の将来のようで、ツィンは何度も唾を飲み込む。

ツィンにとってプラティナとの婚約は父親に命令された役目の一つでしかなかった。

いつも小汚い格好をして幸《さち》の薄そうな顔をした陰気なプラティナに、ツィンは何の思い入れもなかったのだ。

聖女として庶民には慕われているようであったが、ただそれだけだ。

だから、同じ姫と結婚するならメディでもいいではないかと思ってしまった。

「このままじゃ殺される……！」

ツィンの頭にあるのは女王レーガへの畏怖と、父親から見捨てられるのではないかという恐怖だった。

教会に勤める神官には明確な身分差があった。

貴族の生まれの上級、神官同士から生まれた中級、そして庶民出身の下級。

その差は明確で、どんなに抗っても埋めることはできない。中級神官であっても親のどちらかが下級であれば見下されることもある。

ツィンの父親は貧しい農村で生まれたものの、聖なる力を強く持っていたことから神殿に来たらしい。

力が強く重宝されていたが、下級というだけで周囲からはずっと見下されていたという。

だが、幸運にも中級神官であった母と結婚しツィンが生まれた。

親になれたことが人生で一番の喜びだと笑っていてくれた父親。

だが、そんな父親がある日を境に豹変した。

優しかった表情はいつもどこか冷酷になり、口数が減った。

国王の傍妃だったレーガにその力を認められ、生まれの壁を越えて上級神官になったことが始まりだったと思う。

神殿の片隅で身を寄せ合っていた生活は一変し、大きな屋敷で暮らすようになった。貴族のような贅沢な暮らしに、ツィンは大喜びだった。

父親の言うことさえ聞いていればどんな我が儘も叶えてもらえた。幸せだった。

そして異例の早さで出世した父親は、神殿長という座を得た。

同時に婚約が決まった。ツィンが八歳、プラティナは五歳だった。

国王が神殿と王家の繋がりを強くするために望んだ縁談だったと聞いている。

その国王が崩御しレーガが女王に即位した時、ツィンはなんとなく「この婚約はなかったことになるのかな？」と考えた。

だがその予想は外れ、婚約は破棄されなかった。しかもプラティナは聖女として神殿にやってきた。

正直がっかりしたものだ。

幼いながらも華やかなメディと違い、プラティナはどこか地味で面白みがない。

しかも聖女としての役目もあるから遊び相手にもならない。

こんな女が将来自分の妻になるのかとがっかりしたが、父親がそうしなさいと言うのなら逆らう理由はなかった。

どうせ政略結婚だ。外に子どもさえ作らなければ何をしてもいいだろうとツィンは軽く考えていたのだ。

「あんな死に損ないを見つけろだって……？　どうしたらいいんだ」

プラティナが余命わずかだと診断されたと知ったツィンは、前々から自分に好意を寄せていたメディの計画に乗ることにした。

メディにも聖なる力がある。それならばメディを聖女にして婚約者にしてしまえばいい。

どうせプラティナは死ぬのだから、順番が入れ替わるだけだ、と。

なのに。

帰国したレーガの怒りは恐ろしいものだった。まるで巨大な蛇に睨まれた蛙のような気持ちになった。

プラティナを捜して連れ戻せという命令に頷いて広間を飛び出すのがやっとだった。

「父上！　どうしたらいいのですか！」

助けを求めてすがりついた神殿長《父親》は、冷たい目でツィンを見下ろしていた。

「この馬鹿者が。言っておいたはずだ、お前は聖女様と結婚するのだ、と」

「でも、あの女はもう長くない。医者だってそう言ってた！　どうせ死ぬなら……ぎゃあ！」

鈍い音と同時に腹部に鈍い痛みが走る。自分が蹴飛ばされたことに気がついたツィンは唖然としながら神殿長を見上げた。

「聖女様が死ぬ？　そんなわけがないだろう。あの存在は奇跡だ。少々手違いがあって力が弱まっただけなのに、大騒ぎして医者など呼ぶからこんな騒ぎになるのだ」

「ち、父上……？」

「聖女が祈りを捧げなくなったらどうなると思っているのだ。それこそ終わりだ。いいか、お前にできるのは聖女様を見つけ連れ戻すことだけだ」

「でも、どうやって……」

既にプラティナが国を出て数日が過ぎている。

聖地は三ヶ所。どこもそれなりに離れているため、最初にどこを目指したのかわからなければ追いかけようがない。

途方に暮れるツィンに神殿長は赤い石を投げつけた。その中心には白い線がまるで矢印のように浮かんでいる。

「それは私が陛下から授かった、聖なる力を察知する道具だ」

「聖なる力を？」

赤い石に浮かぶ白く細い矢印は、ツィンと神殿長の間の空間をまっすぐ指していた。

「その矢印を追え。聖女様が力を使った痕跡を示してくれる」

「で、でも」

たったこれだけの手がかりで何ができるのかとすがるような視線を向ければ、神殿長は深いため息をついた。

彼がパンパンと軽く手を叩くと、武装した二人の兵士が背後から現れる。

感情の読めない表情をしたその二人は、じっとツィンを見つめていた。

「見張り代わりだ。連れていけ」

「あ、ありがとうございます」

「これ以上は望むな。くれぐれも言っておく。命が惜しくば女王陛下の意志に背くな」

父親の顔をしてない神殿長の静かな言葉。

がむしゃらに頷いたツィンは、旅支度をするために屋敷へ急ぐ。

長い廊下の先に、早く行きたかった。

一刻も早く旅立たなければ。この失敗を取り戻さなければ、きっと命がない。

握り締めた赤い石に浮かぶ矢印を見つめながら、ツィンは額に滲んだ汗を乱暴に拭ったのだった。

＊　＊　＊

「そういえば王都近くの街で起きてた水の汚染。流れの薬師が解決したって話を聞いたか？」

「ああ。なんでも凄腕の薬師だって言うじゃないか。城門の兵士たちが言ってたぞ」

「薬師？　聖女様の間違いじゃないか？」

王都の酒場。

旅人たちが肩を寄せ合いながら噂話に花を咲かせていた。

「カーラドの谷にある聖地を悪用してた詐欺師たちを成敗した聖女様の話なら聞いたぜ。その聖女様も凄腕の薬師を連れてたとか。男女二人組だというし、同じ人たちなんじゃないかねぇ」

「俺が聞いた話だとその薬師は聖女様の護衛だって話だぜ」

わいわいと楽しそうに語る彼らは噂の聖女様についてあれこれと妄想を膨らませている。

聖なる力を使い先々で献身的に人々を助ける聖女。それはちょっとしたおとぎ話として最近有名な噂だ。

きっかけは随分前から指名手配されていた詐欺師たちが捕まったことだという。

奴らは弱った人間につけ込んで、怪しい商売をさせては各地を転々としていたのだ。

旅人にとっても商売人にとっても仇《かたき》のようなその存在がようやく罰を受けたと知った彼らは、それを助けたという聖女様の噂に夢中だった。

「そういえばこの王都にも聖女様がいるんじゃなかったか？　俺はその聖女様が作った薬が欲しくてここまで来たんだが」

「あ〜それが、この国にいた聖女様は急に代替わりしたんだ。なんでもご病気だそうで、今は妹姫が聖女になったらしいぞ」

「薬も今在庫がある限りだそうで、どんどん価格が上がってる」

「なんだよ、アテが外れたぜ」

がっくりと肩を落とすのは旅の商人だ。

「この国で作られた薬は安価な上に効果が高くてよく売れたんだがなぁ……商売あがったりだよ」

「お前の商売なんか知るかよ。問題なのは薬が出回らなくなったってことだ」

「そうだよなぁ。実際、最近スラムの方で妙な病気が流行ってるそうじゃないか」

「王都の外れにある鉱山が崩れたって話も聞いたぞ」

「俺は、小麦畑が虫にやられたのを見た」

さっきまでの楽しげな空気が一変し、彼らの表情が暗くなる。

「噂の聖女様がこの国に来てくれればいいのに」

「そうだよな。白銀の聖女様よ、どうか俺たちに恵みを！」

「ついでに商売繁盛を頼むぜ！」

「俺はいい女を抱きたい！」

乾杯の音頭に合わせて旅人たちが好き勝手に叫んだ瞬間、少し離れた席に座っていた男が勢いよく立ち上がった。

その拍子に椅子が倒れる。

大きな音に旅人たちがびくりと肩をすくめながら振り返れば、大柄な男がこちらをじっと見つめていた。

「おい、お前たち、今なんと言った」

「へ、あ？　女を抱きたい、と」

「お前じゃない！」

「商売繁盛」

「違う」

「俺たちに恵みを！」

「その前だ！」

「白銀の聖女様？」

「それだ」

　かっと目を見開いた男に旅人たちはひいいっと悲鳴を上げる。

「白銀の聖女。お前たちはそう言ったな。なぜ白銀なんだ」

「そ、それはそう聞いたからで……」

「誰に聞いた」

「知り合いのギルドにいた職員からだ。詐欺師に騙されていた連中が言ってたそうだなんだよ、『白銀の髪をした聖女に救われた』と」

「そうか！」

　男は旅人の言葉に目を輝かせた。

「そのギルドはどこのギルドだ」

「ええっと……たしか西部の……」

「西部か。なるほど助かった。ココは俺のおごりだ、好きに飲み食いしてくれ！」

そう言うと同時に男は酒場の店主に金貨を投げて店を出ていってしまった。

残された旅人たちは、これも聖女の恵みなのだろうかと首を捻りながらも、ただ酒を味わったのだった。


「おい。今すぐ西部のギルドに連絡を取れ」

「何ごとですか？」

一度帰宅したはずのベックが扉を壊さんばかりの勢いで駆け込んできた姿に、残業していたギルド職員たちは目を丸くした。

「西部のギルドって……あそこのギルドマスターとは犬猿の仲じゃなかったですっけ？」

「うるさい。それどころじゃないんだ。あと、隣街のギルドにも連絡を入れろ。あそこにはセインもいたはずだ」

セインはかつてベックの弟子だった冒険者だ。

王都の腐敗ぶりに嫌気がさして数年前にすぐ隣にある街のギルドに所属していた。

「連絡はすぐに取れますが……どうしたんですか？」

「とにかくこう聞け。『白銀の髪をした少女について教えろ』とな」

訳のわからぬ指示に職員たちは顔を見合わせる。

だがギルドマスターに逆らう理由はないと、時間外勤務に渋い顔をしながら手を動かしはじめる。

ベックはそれを少しだけ見守ると足早に自分の部屋へと向かった。

そして通信魔法が刻まれた水晶を取り出すと、大声で呼びかける。

「おいノース！　お前今どこにいる！」

数秒の間を置いて、水晶が淡く輝いた。

『ギルドマスター！　こっちは隠密任務中なんですから、でかい声で喋りかけないでくださいよ！』

「うるさい。それどころじゃないんだ。まだ確証はないが、聖女様の手がかりが見つかった」

『まじっすか！』

水晶の向こうでノースが叫んだのが聞こえる。

「西部のギルドでそれらしい話を聞いた奴がいた。おそらくはカーラドの谷にある聖地で何かしたらしい」

「巡礼を終えたのなら次の行く先は、ラナルトか、それとももう一つの聖地か……」

『なるほど……あのお坊ちゃんがどこに行くか読めなかったんですが、方向だけならラナルトですね』

「港にか？　まだ何の情報も仕入れてないのに何故？」

神殿長の息子がレーガに命じられプラティナたちを捜していると知ったベックは、国内での調査は他の者に任せノースにその追跡をさせていた。

それは王家よりも先にプラティナを保護し、守るためだ。

レーガは危ない。おそらくはベックたちが考えるよりもずっと。

この国のためにもプラティナを保護しなければ。

それがギルドマスターとしてベックが下した決断だった。

『これは勘なんですけど、あのお坊ちゃん何か追跡魔法の類いを使ってるんじゃないかな。本人も自分がどこに行こうとしてるのかわかってない様子だし』

「……追いかければ、聖女様に辿り着くってことか」

『近くまで連れてってもらいますよ。聖女様さえ見つかれば、あんな連中に負けませんて』

「気をつけろよ」

『はいはーい』

気の抜けたような返事と共に通信が途切れる。

ぐったりと脱力しながらその場に座り込み、ベックは深いため息をついた。

白銀の聖女と呼ばれる存在はプラティナに間違いない。

そして薬師を名乗る男が一人傍にいるという情報。

その男がメディが押しつけた騎士ならば、つじつまが合う。

「どうかご無事で」

かならず助け出してみせますからとつぶやきながら、ベックは静かに祈りを捧げた。

書き下ろし番外編　それは幸せな夢のはなし

最初の街を出た夜。プラティナたちを乗せた馬車は小さな村の外れで一夜を過ごすことになった。

村には宿はないので、旅慣れた乗客たちはみなそれぞれ思い思いの場所で寝支度を調えている。

木の根元に腰を下ろす者。テントを組み立てる者。知り合いでもいるのか、村の中に入っていく者もいる。

プラティナとアイゼンは土地勘がないこともあり、別料金を払って停《と》まった馬車の中で眠ることになった。

居心地がいい場所ではないが、天幕がある馬車の中の方が外よりも安全だし気温にも左右されにくいからだ。

「しっかり毛布にくるまってるんだぞ」

もう半分ほど夢の世界に落ちているプラティナを毛布でくるみ、馬車の壁にもたれかけるようにして座らせる。本当は横にしてやりたいが、埃っぽい床で眠らせるのは衛生的に心配だった。

アンバーはすでにプラティナの膝の上で丸まって、ぷうぷうと寝息を立てている。

長時間、馬車に乗り続けたのは初めてなのだろう。酔うようなことはなかったが、あまり顔色は良くない。食事も簡単な携帯食ばかりになっていたため、体温が下がっているのがわかった。

本当なら温かな食事をとらせて火の傍で眠らせたいが、そこまで手間をかけて他の乗客に目をつけられるのは避けたい。

「……アイゼンは、一緒に寝ないんですか？」

とろんとした目がこちらを見つめてくる。

「ぐ……」

思わず、喉の奥から変な声がこぼれた。

プラティナは育ちのせいか、警戒心がほとんどない。人を疑うこともないせいで、見ていてとても危うい。

「俺は見張りだ。君はしっかり寝ろ。熱を出したら、意味がないぞ」

「……ふぁい……」

大きなあくびを零しながら、プラティナはそのままこてんと寝てしまう。

「やれやれ……」

寝かしつけを終えた達成感に包まれながら、アイゼンはプラティナの横に腰を下ろす。

馬車の中には他にも商人風の老人や、子連れの若い夫婦などが眠っていた。

コソ泥の類はいないと信じたいが、人は見た目では判断できない。何かあってから後悔するくらいならば万全を期すべきだと学んでいるアイゼンは、壁にもたれ腕組みした体勢で周囲を警戒する。

だが。

「ん〜〜」

小さなうなり声を上げたプラティナが、身体を傾かせ、アイゼンの肩にもたれかかってきた。

「!?」

思わず声が出かけるが、すんでのところで呑み込む。

柔らかな身体が肩と二の腕のあたりにぴったりと密着するのがわかった。

勘弁してくれと頭を抱えたくなるのをこらえながら、横目で確認したプラティナの寝顔は、毒気を抜かれるほど安心しきっている。

（まったく。君は本当に……）

ひょろひょろとして頼りなくて小さいくせに、妙に度胸がある不思議な少女。

目が離せないし、守ってやりたいと思う。

くっついた場所から伝わってくる体温がアイゼンの身体に流れ込んできた。

不意に瞼の重さを感じて、慌てて小さく首を振る。

だが、密着している柔らかなぬくもりと規則正しい寝息に、思わずがくりと首が揺れてしまう。

（クソ……）

見張りで眠気を催すなど、もう長いこと経験していない。宿屋で眠る時も、熟睡をしない癖がついているくらいなのに。

（これも、この子の力なのか……?）

類い希なる力を持った聖女であるプラティナは、もしかしたら無自覚に周囲に力を漏らしているのかもしれない。自然と心が和むような、緊張がほどけていくような不思議な気分だ。

ちらりと視線を向ければ、アンバーは腹を見せて油断しきった姿で眠っていた。つい先日まで、野生で生きていたとは思えない。

馬車の中にいる他の乗客も既に寝息を立てている。

一度緩んだ気持ちは簡単には引き締まらない。絡まった糸がするするとほどけるように、アイゼンは静かに目を閉じた。


柔らかな日差しが射し込む場所にアイゼンは立っていた。

大きな湖を囲む平原には盛りの季節が異なるはずのさまざまな花が咲き乱れ、天国のような光景を作り上げていた。

その周囲には大小様々な高さの木があり、その全てにいろいろな果物が実《な》っている。

「アイゼン、あれはどんな味なんですか!?」

声が聞こえて振り返れば、背の高い木に実った赤い実を取ろうと必死に手を伸ばすプラティナが見えた。

「待ってろ、取ってやるから」

本当に何でも食べたがる子だと苦笑いしながら、アイゼンは身をもいでやる。赤く艶やかな果実は見るからに美味しそうだ。

そっと手渡してやれば、プラティナは幼子のように瞳を輝かせそれを大切に抱きしめた。

「うれしい」

きっとこの先も、プラティナはアイゼンが与えるもの全部をこうやって受け取ってくれるのだろう。

なんの疑いもなく、真っ直ぐ信じてくれる笑顔に、心の空洞だった部分が満たされていくのがわかる。

「これはどうやって食べるんですか？」

「そのままでも食べられるし、料理や菓子に入れることもある。蜜で煮たり、酒に漬けたりして保存食にすることもあるな」

「すごい！　じゃあ、いっぱいとっておかないとですね！」

「お、おい」

「アンバー！　お願い！」

「きゅう〜〜！」

どこにいたのかアンバーが飛んできて、どんどんと実を落としていく。

ぼたぼたと地面を揺らすほどの勢いで落ちてくる実にプラティナは歓声を上げている。

「おい！　こんなに食べきれないだろうが！」

「大丈夫です！　いけます！」

どこからそんな自信がくるのか、プラティナは瞳を輝かせて実をどんどん拾っていく。両手からこぼれるほどの量は明らかに取りすぎだ。

アイゼンがどんなに制止してもプラティナは手を止めないし、アンバーも枝を揺らすのをやめようとしない。近づきたいのに雨のように落ちてくる実が邪魔で近づけない。

「このまま食べられるかな。いただきます！」

プラティナは彼女の顔ほどもある大きさの果実を抱え、ためらいなくその一つにかぶりつこうとする。

そんなに食べきれるわけがない。いくら何でも腹を壊す。

それに――


「せめて洗え！」

「きゃあ」

咄嗟に出た叫び声と共に意識が覚醒する。一瞬、自分がどこにいるのわからずアイゼンは腰の剣に手を伸ばした。

「どうしたんですか？　アイゼン……」

「え、えああ……？」

肩にもたれるようにして眠っていたプラティナが目をこすりながら身体を起こすところだった。

見回せば、まだ薄暗い馬車の中だ。

どうやらアイゼンの声で眠っていた全員が起きたらしく、迷惑そうな視線が向けられている。らしくもなくカッと耳が熱くなるのを感じた。

（俺は今、夢を見るほど寝ていた……？　しかも寝ぼけて？）

羞恥と混乱で顔を押さえてうなだれれば、ある意味では原因であるプラティナが大きなあくびをする音が聞こえる。

「よく寝ました！　アイゼンは眠れましたか？」

「……ああ」

認めるのもいやだったが、正直に返事をするしかない。プラティナに出会ってから、本当に振り回されっぱなしだ。それが嫌ではない自分にも驚くばかりで。

「今日もがんばりましょうね」

無邪気に微笑みを浮かべるプラティナとようやく起きだして伸びをしているアンバーを見つめながら、アイゼンはふっと口元を緩めたのだった。

あとがき

はじめまして、こんにちは。マチバリと申します。

「余命わずかだからと追放された聖女ですが、巡礼の旅に出たら超健康になりました」をお手にとっていただきありがとうございます。

この作品は「小説家になろう」に掲載させていただいたものを、改稿加筆した作品になります。縁あって書籍化のお声がけをいただき、素敵な本にしていただきました。


最初は「余命わずか」な設定の弱々しいヒロインが虐げられていた家族から解放されて短い余生の中で自分を取り戻すお話を考えていたのですが、「むしろ、旅立って元気になるヒロインはどうか」という助言をいただき、プラティナという主人公が爆誕しました。解放されて美味しいご飯を食べてニコニコしながら無自覚チートする彼女は書いていてとても楽しかったです。

余命わずかの人間を追放する理由とはなんぞや？　と考えたときに思い付いたのがタイトルにもある「巡礼」です。即身仏ではないですが、命の全部をかけて修行に行くぜ！　という空気感、余命わずかな人間を投入するには一番しっくりくるテーマかな、と。生贄も考えたのですが、それだと元気になっても意味がないなと。とにかく明るい印象にしたかったのでタイトルに「超」をつけました。タイトルで一番気に入っている部分です。

さて、このプラティナ。力がある故に閉じ込められて世間から隔絶されていたために、世間知らずの超純粋培養。かつ鈍感という逸材です。なので一巻の時点でアイゼンへの感情というのは、子が親を慕うようなものとなっております。片やアイゼンはそれなりに人生経験を積んでいるので、じわじわ自分の気持ちに気づきつつある。最初は保護者ヅラだったのが崩れてきているのがとても楽しい。これを書くために書いている（？）感すらあります！

アイゼンというキャラクターは私の十八番である黒髪黒目の騎士キャラなのですが、立ち位置としては異世界恋愛のヒーローというよりかは、ファンタジー作品の主人公のような雰囲気づくりを意識してみました。アイゼンが主人公でも物語が成り立つようなお話づくりを目指してみたり。おかげでド・チート級の聖女であるプラティナと行動してもサブ感なく頑張ってくれました。二人のバランスが塩梅よく、書いていてもどちらかが出しゃばることもなく、お互いの過不足を補えるペアになってくれたかなと思います。

マスコットであるアンバーは最初の構想にはいなかったのですが、何か欲しい！　と思って爆誕。プラティナ大好きの甘えん坊となっております。有能なのでどんどん活躍してくれるアンバー。可愛いぞアンバー！　最初の聖地で第二形態まで成長してしまったので、もう少しチビチビしている時期を書けばよかった……と軽く後悔しています（笑）。

二人と一匹の旅はもう少し続きます。ハッピーエンド確約なので、是非また、皆様に読んでいただけますように。

今回、イラストを手がけてくださったのはマトリ先生です。以前から透明感のある色使いと美しい線画で大好きだったので、担当していただけると知ったときは本当に嬉しかったです。プラティナの可愛らしさ、アイゼンのクールな中から滲み出る優しさを表現していただきました。なによりアンバーの可愛さったら……!! 小説、書いてよかったなぁ。

そして書籍化のお声がけをくださった担当様にもお世話になりました。たくさん褒めていただいたおかげで、楽しく執筆できました。作業でも適切なアドバイスをくださり、悩むことなく取り組めたと思います。

最後になりましたが、WEBから読んでくださった皆様、お買い上げいただいた皆様、本当にありがとうございます。

またお会いできる日が来ますことを心より楽しみにしております。

EARTH STAR
LUNA

余命わずかだからと追放された聖女ですが、巡礼の旅に出たら超健康になりました 1

発行 —— 2023年5月1日　初版第1刷発行

著者 —— マチバリ

イラストレーター —— マトリ

装丁デザイン —— 村田慧太朗（VOLARE inc.）

発行者 —— 幕内和博

編集 —— 筒井さやか

発行所 —— 株式会社アース・スター エンターテイメント
〒141-0021　東京都品川区上大崎 3-1-1
目黒セントラルスクエア　7F
TEL：03-5561-7630
FAX：03-5561-7632
https://www.es-luna.jp

印刷・製本 —— 図書印刷株式会社

ISBN 978-4-8030-1783-0